即使
生命如尘

仍愿
岁月如歌

晚秋 著
Wanqiu Works

江苏凤凰文艺出版社
JIANGSU PHOENIX LITERATURE AND ART PUBLISHING, LTD

人生天地之间，若白驹之过隙，忽然而已。

生命如此短暂，我们没有时间争吵、道歉、伤心。
我们只有时间去爱。

爱情不是终日彼此对视，爱情是共同瞭望远方、相伴而行。

在匆促的人生旅行中，最难能可贵的事情莫过于，我在春柳拂面的桥头，你恰好渡船而过，随后邂逅一生，相见有清欢，生命也因此变得从容、辽阔和柔软。我们成了彼此生命中的那个互渡的人。

不要用潦草散漫来敷衍我们的心情和人生。

总有一种味道，以其独有的方式，每天三次，在舌尖上提醒着我们，认清明天的方向，不忘昨日的来处。

咖啡
饮品

相爱是彼此独立，也是互相成全。
真正爱你的人，不会让你低到尘埃里，
相反会用力成全你，推你一把，
和你一起高举你的梦想。

我们与世无求，与人无争，只求相聚在一起，相守在一起，各自做力所能及的事。

EMO

我二十几岁的时候，可折腾了，我也去了很多地方。
不要太早选择安逸，也不要太早被琐碎牵绊，
后面还有几十年的人生，年轻有那股子冲劲，
就要敢于把自己抛到路上去，大胆地去闯荡。

当我们回顾自己的童年时，真正能让你回味的并不是那些口头上的教导，而是那些美好的瞬间。

人的欲求永无止境，很多时候，人的焦虑与痛苦，往往源自于一种盲目的攀比和急功近利，源自于欲望太满无法求得却又难以放下，以及对自己缺乏一个清晰的认知。

目录

即使生命如尘
仍愿岁月如歌

Chapter 01

第一章
我们终将改变潮水的方向

Chapter 02

第二章 把时间浪费在喜欢的事情上

03 Chapter

第三章
没有烟火气的人生，就是一段孤独的旅程

Chapter 04

第四章
倾我所有去生活

即使生命如尘
仍愿岁月如歌

即使生命如尘
仍愿岁月如歌

Chapter 05

第五章
没有人可以独自坚强

Chapter 06

第六章
即使生命如尘，仍愿岁月如歌

第一章

我们终将改变潮水的方向

面对未知的一切，二十几岁的我们迷茫无措，诚惶诚恐。我们不知道未来会不会变得更好，或者说有没有能力让自己变得更好。

三十岁，要有勇气支撑这个世界

01 我曾恐惧年龄

那天“四人帮”见面，我们在小七家的寿司店大快朵颐，谈天说地。

忽然我们聊到了年龄。飞仔说：“我今年也三十岁了。”

听到三十岁，我们几个像惊弓之鸟望着他：“你有三十岁？”因为前不久他才刚过完二十八岁的生日。

他漫不经心地说：“虚岁嘛，虚岁不就三十岁了？”

随后我们聊起“三十岁”，一人扯一句，越聊氛围越不对，小七调侃道：“哎，不聊这个话题了，太沉重，咱换个话题。”

之所以聊到三十岁觉得沉重，是因为它似 Ending Line 一样提醒我们，这个阶段的我们应该有哪些行为要符合世俗所谓“三十而立”的逻辑与界定，以及去承担这个年龄相应带来的责任和重担。

优质的事业，稳定的家庭，体面的房、车，仿佛都是三十岁该要有的事。但事实上，二十几岁的我们还是正在慢慢成长的“孩子”，三十岁，一切也才刚刚开始。

曾经我也恐惧年龄，我记得在我十六岁那年从村主任手中接过身份证时，我脑海里也随之闪过一丝措手不及的恐惧。因为在我的潜意识里，有了身份证似乎就意味着要做一个严肃的大人了，意味着要学着独立去承担很多事情，可我仿佛还没玩够，我还想做那个心无忧虑的小孩。

我害怕自己的二十岁会不会像邻家姐姐那样，没有考上大学就外出打工，随后很快结婚生子。我害怕自己的二十五岁会不会像村头媳妇那样，镇上上班，回家带娃，做家务，偶尔听到她的抱怨与叹息，闭塞无趣的生活，仿佛一生就此定格。我害怕自己的三十岁会不会像家附近的女人那样，衣着粗糙，眼神黯淡，成天大嗓门，隔三岔五就传出婆媳矛盾、夫妻争吵的声音。

我害怕自己四十岁以后的人生，是否就要成天纠结于鸡毛蒜皮的小事，谈论的也是家长里短和谁家八卦？

与其说我恐惧年龄，不如说我恐惧那凸显在一个人身上缺乏活力、一成不变的生活状态，那仿佛无法重新选择和开始，只能在流年琐事中的沉沦，恐惧日后的自己是不是会对生活感到意趣索然，疲于应对很多事情。

02 二十几岁真的很难

我不知道未来的自己想过什么样的生活，但我知道自己不想过什么样的生活。

十九岁那年，我考上了大学，以为可以避开这样的生活，以为会有更好的开始与未来在等着我。但很多时候就像《大话西游》里紫霞仙子说的：“我猜中了开头，却猜不透这结局。”其实一样面临着艰难的选择与挑战。

我至今记得入学后有一晚，我跟着几位师姐一起去食堂小聚。其中一位师姐心情不是很好，喝了不少酒，也有其他师姐劝她少喝一点。随后，她仰起有些微醺的脸，朝我看了一下，说：“师妹，你刚入学啊。真好，我都快二十三了。失恋，工作，不知何去何从。”

我才知道，师姐她当时所面临的处境。而那时，毕业于我而言遥遥无期，面对新的环境，热烈的大学生活，我充满了好奇心和探索欲，仿佛有一个精彩的世界在等着我。我并不能对她当时的那份迷茫与困顿感同身受。直到四年后，二十三岁的我同样面临大学毕业后该何去何从的问题。

随后开始经历现实的考验。我在广州做的第一份实习工作艰难且生活捉襟见肘，当时迫于生存压力，接了一个私活，没想到还被骗了钱。夏天租住在偏僻的郊区最顶层的十平方米左右的廉租房，每天上下班近三个小时，走进被太阳晒了一天的房子就像置身于桑拿房。也换过工作，下班之余也做兼职，在坐摩托车去上课的路上,被路边突然打开的车门撞到膝盖骨瘀青,肿了半个月，我却一天假也不敢请，因为要扣工资。后来也拥有了所谓别人看上去的稳定，结了婚有了房子和车子，但很多时候依然有紧绷的心理状态和种种压力，孤独与无助在黑夜袭来，有很多事情要独自面对和处理。

面对未知的一切，二十几岁的我们迷茫无措，诚惶诚恐。我们不知道未来会不会变得更好，或者说有没有能力让自己变得更好。

但这一生无论有多难，未来充满多少变数，都要自己去走。

03 总有人在你畏惧的年龄中活得闪亮

你也会发现，总有人在你畏惧的年龄中活得闪亮。

我一直记得，在深圳股权交易中心，在台上演讲的那位三十岁的美丽女子。她的演讲让我印象很深。当时的她留着披肩长发，还有她腰间那道微微隆起的弧线。是的，她是一位怀孕中的女子。她说：“今年我三十岁，很开心能够在这个最美的年龄，带上我的宝宝一起站到舞台上。你们会给我掌声吗？”随后全场掌声雷鸣。我们也和她一起感受着生命的悸动，她的一举一动无不透着生命的温暖和喜悦，散发着温柔迷人的气息。

三十岁的她真好看，自信耀眼，气质动人，充满智慧与魅力，精神状态饱满又充沛。

我曾就职于一家公司，我经常跟我的女老板出差。她已年过五十，却无惧岁月的流逝，依然活力四射，美得不可方物。她拥有广大的格局与眼界，对生活有着无限的热情，坐拥高端女鞋的公司，经常参加会议飞来飞去，谈论的是互联网 +，公司什么时候计划上市，也会拎着箱子到处行走。

有一次，我们在机场候机闲聊，我与她聊起自身的困惑。

当她得知我的年龄时，她是这样说的："二十几岁，还年轻得很。这个年龄是最自由最能拼的时候，别浪费了，大胆放手地去闯，在挫折中增强你的耐挫力，这会让你勇往直前，那样你才会拥有三十岁的美丽。"

所以，怕的不是年龄，而是你敢不敢把自己扔在残酷的现实中去历练，有没有拥有掌控自己的力量，有没有活成自己想要的样子。

不会有一蹴而就的智慧和美丽，也不会有凭空而来的自信和笃定，因为这需要坚实的内心和岁月的打磨做积淀。

04 三十岁的美丽由二十几岁的努力积淀而来

当时的我再过几年也将迎来三十岁，那么三十岁的我想过什么样的生活？我想成为什么样的人？

有一晚在严歌苓的书中看到一句话：“有一页，他写着在三十岁前，他要完成多少件事。到现在我还记得清清楚楚：他要旅行一万里、写一本书、种活一百棵树、办一个个人画展、乘一次飞机、谈一次恋爱。”

以前我常常对这些数字无感，但其实数字的背后藏着你的成长路径。虽然当时的我对三十岁的自己也还没有清晰的影像，但我还是像书中的“他”那样，列出一些自己想要完成的事情。尔后时间过去，你也会发现，当你认真踏实地完成每一个目标后，你的确是会有所成长，精神层次也会有所提升，它会慢慢引你走向你想要的自己。

这几年来，除了工作上的历练，很庆幸还找到了自己的兴趣所在。和他的感情从一开始的磨合到如今的日渐安稳，生活从一开始被贷款所逼的月光族到现在有所充裕，再到有了生活质量的提升。学会自律与管理，对自己的生活和工作加以管控。以前会熬很多的夜，半年前给自己定了一个目标——每天十一点前要入睡，我还重新开启了晨跑计划，拾起瑜伽，与身体发生连接，进行对话，让自己的身心保持轻盈与活力。每天保持一定的阅读量，去认识一些有趣好玩的人。然后在每一年的年尾送走过去的自己，新的一年给自己一个全新的开始。

虽然还有很多待办事项未完成，生活的种种也还有很多不如意，但又有什么关系呢？只要每一天都保持新生的能力，持续默默积累自己的力量，去认真对待与感恩，那么笃定与智慧便会由生活沉潜而来，也会让我们拥有突围以及随时转换跑道的能力。

就像我的大学闺蜜小七。这月底，小七就要和男朋友一起去美国留学了。

小七毕业后一直在外企工作，为了有所提升，在短暂的迷茫后她做出留学的决定。于是半年前，她开始备考雅思，申请美国那边的大学。前不久，小七收到了回复，她的留学申请通过了。又见到小七的时候，觉得她漂亮极了，透亮的眼神彰显着那份灵动与可人。

对年龄的惧怕也不是件坏事，至少可以让我们保持警惕，提前做好准备与努力，以拥有调整方向的能力，去应对多变的将来。

我的大学室友小叶毕业后就一直在香港工作，前几天她回学校取成绩单，我们顺便聚了一下。小叶说她报考了香港中文大学研究生。

小叶四年前在香港从学校的小学助理做起，经过几年的努力与沉淀，如今已经转为正式教师。小叶不是师范类的科班出身，又是从大陆过去的学生，还要与当地的港人竞争，我知道她的这份不容易。她为了在香港站稳脚跟，唯有不断学习与提升，小叶说她要努力拿到香港当地高校的硕士文凭。说这话时，她的脸上写满了自信与阳光。而她与男友爱情长跑了九年后，也即将修成正果。

昨晚我更新了一条微信朋友圈，我说："你们在悄悄长大，你们也越来越好看。"我真的觉得现在的我们比二十岁时好看多了。我也有理由相信，三十岁的我们会比现在更好看。虽然三十岁以后的人生也许会更加繁重。但我们有一颗不放弃自己，保持自省的心，所以我们会拥有一个更加饱满而丰盈的自己。

二十几岁的兵荒马乱，不流于安逸和琐碎，是为了在三十岁到来时不慌张，不抱怨，更为了有勇气去迎接后面更加烦琐又状况不断的人生。与此同时，也依然对生活保持持续的热情与力量，这会让你走得更久。

05 三十岁了，要走更远的路

人生或许就是这样，我们一次又一次地被困顿与挫败打翻，然后重建内心与外在的秩序，在黯淡中涅槃，觉醒，充满希望，随后又接受新一轮失意与挣扎的考验。岁月或幽暗或明朗，世间也并不总是坦途，时间更不会凭空告诉你答案。怕的不是不知道怎么走，也不是路有多难，而是明明有所期待又让自己沉沦在生活的琐碎中，自怨自艾。

我们要做的不是沉沦而是争取，争取让自己拥有追索幸福的能力，争取每天进步一点点，争取让自己的内心保持坚韧、柔软与善意。

也正是因为这些经历的打磨，才让我们走过怯懦与卑微，得以清醒地面对每一个黑夜，走进内心进行深度思考与对话，随后拥有地阔天高的心境与气度。

看到简媜《旧情复燃》中的一句话：“二十岁了，要走更远的路。”

我想，三十岁了，同样的，我们要走更远的路。

去放松、专注地投入到当下，将自己妥帖安放在岁月中，在阅历中修行。去体验成长中的悲欣交集，然后在这个基础上有条不紊地前进。百转千回过后，你才会活得越来越像自己想要的样子，拥有广博又精进的人生。

愿我们不辜负岁月，更不曾辜负自己。

你还要怎样更好的世界

01

我是在离开家乡多年后，才发觉到体内有一种类似信仰的力量伴随着我，让我去接纳这个不完美的世界。

和一座朴素厚重的小村庄有关，也和一个人有关。他们，潜移默化中给了我深远的爱和内心的光亮。

奶奶发了几天高烧后，彻底瘫痪了。一张床，一张椅子，是她的活动范围。她的身子瘦弱而单薄，手脚经常不自主地震颤，仿佛那不由自主的命运和光阴。

她有时弯腰倾斜着身子，探出头来，看那从门口爬进来的阳光碎影。有时端坐着背靠在椅子上，看那挂在墙壁上发出“嘀嗒”声的挂钟，看着那走动的时光，自言自语。

但她说，现在生活好多了。说这话时眉宇间闪过一丝从容和满足。她眉目清明，充满了慈祥的暖意，仿佛世间的一切皆可原谅。

但有时候也会发出轻微的叹息。

“奶奶，叹什么呢？”

“走不动喽，拖累你们。”说完，无奈地笑着，脸上露出愧疚的神色。

“想那么多干啥。”人之一生会有两次成为小孩子的时候，一次是孩提时，一次是年老时。虽然有时候会厌烦她的唠叨，但我仍喜欢变成了小孩子的她。我会帮她洗澡，洗头发，抱她去看电视。只要她在，我就心安。

我出生三个月后，便由奶奶照顾，因此，无人能超越她在我心中的地位。

奶奶曾经受了很多苦，但往日贫瘠的生活也没有吞食她的慈悲。她良善的心性，我自小便耳濡目染。如今言语极其清淡，更多的往事也不愿提及。即便说起的，也是那些被岁月沉淀下来的美好。

音乐是她的另一个世界，她很爱听音乐，无论何种风格都能接受，她还会跟着音乐的曲调哼唱出来。她会说起以前在学校的时候，被选去合唱团唱歌，心里有多高兴，还不忘炫耀一番自己的声音有多好听。说起当年结婚时，她一个地主家的女儿，坐着花轿远嫁过来，那天同村的年轻小伙们起哄让她唱歌。

“那时候真傻，他们叫我唱我就唱了，还一首接一首。”忆起往事，她的脸上露出一丝羞涩的笑意，看起来很温柔的样子。

她仿佛看到当年的自己回来了，还有那鲜活的爱情。

“你还装，你不就是想唱给爷爷听的嘛，而且他也爱听。”我打趣道。有时候她还会坐在椅子上唱当年唱过的歌，摆弄着僵硬的手势。

有一次她哼完一首歌，突然嘴里冒出一句话：“人生就是一场梦，哎，我也做了一场梦。”

随着我慢慢长大，我也会跟她说起一些烦恼和心事，也害怕哪一天她突然离去。

她说：“如果有一天奶奶不在了，你也不用害怕，我会庇佑你。”

那天她的遗体送去殡仪馆火化后，回来的车上，我怀抱着她温热的骨灰盒，没有落泪，因为那生命的余温告诉我，她没有离开，只是换了一种存在的方式，长久地住在了我的心里。

后来的生活中，虽然也会遇到心中没有底的事情，但又有什么呢？内心深处始终是有根的，她一定在天上看着我，这给了我行走的底气和力量。

02

十九岁那年，我离开了小村庄，去了千里之外的大学。四年后，我和室友一起离开学校，坐了七个小时的车，终在清晨四点钟到站。然后我们在冰冷的指示牌下，站在十字路口挥手告别。那一刻，我深深地体会到了离别的无奈与不近人情。

人生的每一个站点，都必须去经历。我们每一个人都无法逃避。

虽然我们在被动地做着某些选择，但仍可以主动地去接受，在岁月的宣纸上绘出生命的春光。

大学以前，我的经历一片空白。我曾为生在贫瘠的农村而自卑，没有城里的同学多才多艺，见识广博，却忽略了厚重的土地所赐予我的踏实而天真的性情。这恰恰是一种更为坚实的人生底蕴。因此，刚上大学的我，焦虑、苦闷、困惑，只任由自我迷失在茫茫无垠的沙漠地带。

一次，一位并不太熟的友人打电话给我，问我能否一起出去走走。我答应了。随后我们绕着学校的操场漫步倾谈。她聊起了情感上的困惑，可我没有经验，也给不了她更好的建议，只好做一个默默的聆听者。说出来后，她自己也舒坦了很多。

我好奇她怎么会想到我?

她说："方队训练那天，我的心情郁闷到了极点，刚好你们那列走正步从对面过来，你突然对我笑了一下。"

而我完全想不起来了。

"哈哈，早知道一个微笑能有那么大的魔力，那我应该对自己多笑一下，我也积了很多郁闷呢。"说完我们两个欢笑了起来。在那个夜晚，路灯微明的校道上，心中阳光热烈，开出了一朵向日葵。就这样，两个女生的友谊从一个不经意间的微笑延展开来。而她的这句话也驱散了我内心的愁绪，要想心中向阳，要会笑，对自己对别人也应如此。

大学无非是漫长人生中的一段路程，优秀的人处处皆是，但我不能因此破罐子破摔，而是要认真地做自己，愉快地奔跑。因此，我开始独立打点自己，不再逃避内心的茫然和恐惧，站出来对抗自身的怯懦，以开放的心态，把新鲜的东西装进来。

当你不知道自己想要什么的时候，不妨看看自己现在缺什么，至少在明天到来之前，把今天的自己刷新。

我不善言辞，人多的场合会心生怯意，所以我会把自己往人多的地方抛出去，去试图发现不一样的自己。我阅历贫瘠，知识平庸，于是图书馆成了我常常去的地方。我不是很会写文的人，唯有苦练，数次易稿，反复斟酌。自学设计，曾通宵达旦设计报纸、明信片、海报，然后看着一件件作品出来。我追求过程，体验奔跑的感觉，也追求结果，因为这是证明自己的努力是否有效的方式。而幸运的我也总能收获喜悦。

比结果更让人开心的是分享。一次报刊设计大赛，校团委还给获奖者发了一大包巧克力。不太爱吃甜食的我，正想着如何消灭它。遂想起班里女生多，于是挨个宿舍分发出去，喜悦盈满心间。

大学四年，有黛青色小巷般的诗意，也有丁香般淡淡的愁绪，有激情澎湃的奋进，也有不尽如人意的残缺，但总算填满了那一段短暂的时光之旅，画下了温情而美好的句点。

时至今日，依旧不善言辞，不喜交际，底子薄弱，能力太浅，尚有很多无知。而步入社会后，文字亦停顿了两三年未继续书写。但也不觉得因此受阻。因为我并未静止和自封，而是以另一种方式保持跳跃的姿态，以谦卑之心认真地沉淀自己，做自己。而此时，我感受到了自己内心的力量。

03

至今每次想起，仍感动于那一次差点擦肩而过的相遇。

毕业那年，摆在我眼前的是两座城市，两份工作，两种选择。在做决定时，因为地域的问题，我打算拒绝当年工作的公司。没想到这家公司的负责人很希望我过去，也跟我聊了很多，言语间能感到那种实诚，考虑再三，我决定过来。

来的那一天，兜里只揣着跟妹妹借来的二百元。出发时，我肩上背了个大包，手中拉的拖车上，还承载了三大箱行李。里面装满了我所有的家当，包括棉被、枕头、书籍、衣服等。当我费尽九牛二虎之力，将笨重的行李搬上公交车时，没想到公交车一启动，拖车上的三个大箱子挣脱开了绑绳，重重地摔在地上。车窗外的天灰蒙蒙的，一如我当时阴郁的心情。我只好一手扶着拖车，一手去将散落的箱子拖过来，但因车子的摇晃和肩上的负重，弄了几次都不行，狼狈至极。所幸有热心人过来帮我仔细绑好，内心才渐渐舒缓了下来。虽然中途萌生过退意，但最终还是坚持了下来，坐完公交车转地铁，坐完地铁转大巴，兜兜转转折腾了三四个小时才到达。

当时接我的人还是那个跟我通话的负责人，也就是我现在的先生。

真是不可思议。有时候会想，如果我选择了另一座城市，另一份工作，今天的我又是什么样子呢？那应该就是另一种道路，另一种人生了吧。但多么庆幸，我来到了这个地方。

此后，我们在兵荒马乱的生活中，朝着同一个目标慢慢前进。我们在这里有了小家，也靠我们自己的努力拥有了房子和车子。虽然仍有现实的种种压力，但能够遇见可以一起走路、一起好好过日子的人，该是一件多么幸运的事。

生活中的我们也会有矛盾，但彼此都有分寸和节制，也会给对方留有余地和空间。我们互相尊重，他尊重我安静地做自己，我也尊重他做他想做的事情，我们紧密联系又彼此独立。

没有太多虚幻的阳春白雪，也不做不切实际的梦，该怎么走就怎么走。去年因为工作变动，我和木子先生一起来到了广州。道路喧嚣拥堵，天空中蒙上了灰色的雾霾，住的地方也没有家里舒服，从温馨的三室两厅变成了简陋的单间。但我来之前已经先安妥自己的内心，我接受眼前的环境。收拾打扫干净，有几样简单的家具，这也是家。

所以无论往哪条道路走，无论路上遇见什么，我从不怀疑那些当下，因为一切的发生都有它的理由，我接受冥冥之中的指引和安排，亦相信世间万物会赐予行走中的生命更多的惊喜。

我们有很多想做的事情，慢慢来就好了，一辈子的好时光长着呢。

04

好友娅知道我来了广州，惊讶无比，特地打了一通电话过来。

娅说她喜欢看书、遛狗，喜欢慢悠悠的生活，但这种生活老家才有。

如我们这样的伪文青，都不喜欢这样苍白又没情调的城市。但毕业后娅留在了广州。而我也离开了本可以上演一段小城故事的舒适地带，来到了这里。

娅从一开始就在对抗这样快节奏、忙碌的生活，但又不愿意离开，所以她唯有慢慢地将心平静下来，认清自我，认清现实，试图与周遭和解。娅说，看到每个人都在匆忙地走路，她不敢不走快点，也没有时间去回顾和害怕。这里的一切都在挑逗你的五官和毛孔，那立着的寒毛也仿佛随时待命和你一起出发，如今浑身上下都散发着一种热情和劲道。遛狗的事儿，以后再说吧。

不过是换了一个地方而已，生活、工作，一切照旧。工作上，我发挥自己的特长和力量。我喜欢和优秀的人在一起，我想要汲取更多的正能量。能跟在老板身边也是我的幸运，她是一位充满智慧的女性，偶有出差也会带上我，出入一些高端场合。她让我明白，独立对于一个女人的重要性。

女人不仅要有健康、活力的身体，美丽的容颜，还要有丰富的内在和笃定的自信心。工作上也还有很多事情，包括写文案、做微信公众号、业务销售、联系媒体等，有时候也会受挫、压力大，但总归要学会自我调解，而我的收获跟付出也是成正比的。来了三个月后不仅转了正，还升了职位加了薪。

我不拒绝工作上的繁忙和热烈，因为它可以让我保持经济的独立，并从中获取成长的力量。业余我亦有所坚持和热爱，夜晚闲暇的时光，我会在台灯下翻开书卷进行阅读和思索，去丰盈自己的内心，一步一步去接近更好的自己。

生活本身是动荡不安的，但唯有拥抱生活，培养内在的一种静定的力量，让它按自己的方式出场，它才会给你一个大大的惊喜。

05

人生百转千回，未来不期而遇，我们一直行走在远方的路上。有时也会心中焦灼，茫然错乱，仿佛越走越不自知，再也无法还原出发时那片天空的模样。但比起迟疑和对未知的恐慌，我更相信自己当下所遇见的一切。

小说《追风筝的人》中有一段话 ：“我们是否知道我们心中的风筝到底在什么地方,人生错过就不会再得到,也许我们会忏悔,会救赎,但这些似乎都已经晚了,每当天空放飞起风筝的那一刻,我们是不是应该问问自己,我们是否真的珍惜我们所拥有的一切。”

每一次停顿都有它的安排，每一次出发也有它的理由。而无论途中的站点如何变换，它其实都会带给你不一样的惊喜。所以，没有必要对过去有所遗憾，也不对正在发生的事情指指点点，对于未来，也无须刻意凝望。会走路就对了，保持清醒和自持就对了。路上适时地做出调整和修正，让人生变得丰厚。所以如果我是那个被放飞的风筝，只要风告诉我方向，我就会努力找到属于自己的一片天空，放飞自己。

人生远行的本质都是一种回归,每走一步都是对生命的回望。我们终究要回到自己的内心，见素抱朴，心怀虔诚慈悲意。

还是木心的一句话让人动容：“如欲相见，我在各种悲喜交集处，能做的只是长途跋涉的归真返璞。”

每一次努力，都是幸运的伏笔

01

去年这个时候，我刚刚升职，开始接手工作项目和团队的管理。但接下来繁忙琐碎的工作，头脑风暴到深夜却没有结果，项目加班加点仍无多大进展，这些都给我带来了困扰。升职时的喜悦和信心，被焦虑所取代。

一个人的状态和工作表现也是骗不了人的，那会儿因为压力太大不仅情绪不好，还吃不好睡不好，导致我时常头疼，精神低迷，身心俱疲。

那天一大早，我被老大叫进了办公室。我向他汇报工作之后，他问我就任这个职位以来的情况和感受。我很想将内心的苦水一吐为快，但为了表现自己，我强装镇定地挤出两个字："还行。"以掩饰自己内心的软弱。

老大点了一下头，又继续说道："你刚刚担任这个职位，遇到一些棘手的事情也是正常的。如果有什么困难，可以跟公司提出来。”原来，老大都是知道的。于是我就跟他聊起那些细细密密的待办事项以及项目中遇到的关卡，那些我很想去做好却又让我感到力不从心的事情。

老大听我絮絮叨叨地说完，顿了一下，他说：“有问题是好事，你有这种心理也是很正常的。但是，难题是不怕的，忙也是不怕的，只要心不忙就行，事情也就乱不了。”随后他和我分享了他的经历，他是如何管理团队的，如何一步一步走过来的，如今的他又是怎么做的。

有意思的是，我注意到老大在说话时，不经意间的一个动作。他用抹布擦拭了一下桌子，随后把它叠成方方正正的豆腐块放在一旁。我才知道，原来老大大学毕业后当过两年义务兵，在部队里养成了注重秩序和细节的好习惯，并且至今一直延续着。他的办公桌上，包括文件的整理和摆放，一直都是整整齐齐的。一旁的沙发上，叠着他自己穿的外套。

说起来他才是真正的大忙人。他不仅要思考和把控公司战略性决策层面的事情，还要对接各个部门的工作事项，接见商业合作伙伴，洽谈一些合作事宜，出差更是必不可免，他业余还去攻读中山大学的 MBA，还是另外两家公司的企业顾问。他回到家还会帮忙做家务、带小孩。但他整个人的气场都是神采飞扬的，言语幽默，睿智稳重，丝毫看不出焦虑和浮躁，做事也是有条不紊。

老大说："有时候你觉得忙、觉得累，并非全因事情本身。也许是你的焦虑、你的情绪，把你的内在空间填满了。当你以一种享受、安静的心态去做事时，你是不会觉得累的，相反你会觉得很有力量。这也就是为什么说，事情越是复杂越需要冷静，唯有这样才能将其一件一件处理好。"

后来，我依然很忙碌，也遇到了更多的难题，但我的心却慢慢平静了下来，工作项目也有了进展。因为我放下了执念，摒弃了无谓、多余的想法。我感受到了内心的平和，一种踏实恒定的力量。那些复杂的事情反而迎刃而解了。

忙只是一种内心感受，而非事情本身。而人活着，也没有一劳永逸的事，困惑也总是会接踵而来。因此，与其患得患失，焦虑未完的事，忧心未来的事，不如滤掉这些负面情绪，腾出更多的内心空间来，省下更多的时间和精力，在当下的事情上，耐心专注、静心而为。

想起于丹在因为忙碌而感到困扰时，向话剧演员濮存昕聊起。濮存昕这样说道："我下乡时，按照要求一天要插六垄秧。我抬头一看，一垄水田看不见头，心说怎么可能呢？但是慢慢地，我就找到诀窍了，插秧时不要抬头看那垄田有多长，就埋头一棵一棵用心顾着眼前插，先别想任务有多少，六垄秧也就在不知不觉间插完了。"

02

前段时间自驾游去了一趟云南，最后一站到达了香格里拉。在高原上的小中甸，我认识了一位开客栈的热情女孩，她叫点点。当然她不是一个人来这里，她在这里结了婚，还生了一个可爱的宝宝。那晚我们在她开的客栈里住了一宿。

那时是在夏天，但高原上的夜晚温度很低，就像广东的冬天，我们也穿上了厚衣服。那晚，饥肠辘辘的我们坐在院子里的小方桌上，吃着点点做的香气四溢的家常菜，西红柿炒鸡蛋，藏香猪炒蒜叶，喝着暖胃的青稞酒，疲惫氤氲而化。

吃饭的间隙，我们闲聊了起来。原来他们都是浙江人，来香格里拉也有一年多了。点点的脸颊上泛起了两朵高原红，散淡自然，不失朴素和温婉。她抱着八个月大的儿子坐在一旁，尽显温情，充满了母性之光。

我很羡慕点点："真好，可以常住在香格里拉，一家三口也好温馨。"

点点正在给儿子冲奶粉，她微笑着说："现在是挺喜欢的。但其实我也有过不适的，我还因此得过一段时间的抑郁症。"

点点回忆起自己之前刚生完小孩，晚上经常睡不好，孩子一晚上哭醒好几次，那种夜夜不能寐的艰辛让她感到煎熬。出了月子后，白天还要背上孩子去市区采购食物，接待游客，整理客房，换洗床单。身边除了先生，无一亲人在旁，何况先生也有业务在身，不能时时陪伴在身边。当时的点点没有自己的圈子，与当地的藏民也没有精神交流。繁重无人分担的家事劳动让她陷入了烦躁和压抑。

后来，点点才慢慢走出了心中的阴霾。她说："在我情绪异常低迷的时候，我告诉自己，不能再这样下去了，这不是我想要的，也不是我的初衷。那会儿我就在想，哪一种生活不是过呢？换成另一种生活就好过了吗？其实我已经比别人幸运多了，香格里拉我想来，也来了。我向往这里的天空，也按理想中的样子开了一家客栈，还在这里与相爱的人结婚生子了，我们的事业也在慢慢起步。我为什么要不快乐呢？此心安处是吾乡。再说，为了我的孩子，我更要做一个快乐的妈妈。"

当点点开始认识到自己时，她也渐渐地从情绪的牢笼中解脱了出来。她不再满心抱怨，抑郁不快，而是接纳眼前的一切，把这一切都当作修行。她在各种劳动中静静地体味身心合一的感觉，一种如信仰的力量在体内流淌。有时候会背上儿子，和当地的藏民一起去草原上放牛牧羊，看太阳朝升夕落，看时光缓慢流动。点点以前就喜欢摄影，如今重新拾起，拍儿子的成长印记，拍香格里拉湛蓝清澈的美，用光影留住生活点点滴滴的美好。也因为她拍得好，当地还有人约她拍片，有一些额外的酬劳，日子也有了明亮的暖色调。

"当初的繁忙劳累差点把我压垮，做什么事都觉得没劲，现在想来，真正压得我喘不过气来的是自己的心。因为我现在比当时更忙，跟当地的藏民合作一些小买卖，跟物流打交道，在附近租了些土地种了点庄稼，客人也比以前多，虽然忙碌，但却觉得异常充实，我所做的事情，让我觉得充满意义和尊严。我想，当你改变了心的轨迹,你的生命的确会迸发出巨大的热情和力量来。如今，身忙，心不忙。”她说话的言语很轻，很平静，有一种质朴真挚的美。

我很欣赏点点的状态。忙是人生的常态，无论你是身在人车喧嚣的城市还是隐居世外桃源，也避免不了“忙”这个人生课题。如何在忙碌的世界中活出生命闪亮的光彩，这极其考验一个人的心性和智慧。一味地抱怨和焦虑，只会消耗你生命的能量，让你失去更多。唯有内心平静有力量的人，才能在这个忙碌的世界中，活得优雅、从容，活出生命的丰富和质感来。

03

生活中的每个人都看似行色匆匆，忙碌不止。但有些人只是看上去很忙，实际上也没有做很多事情，极易被微信朋友圈、微博等社交工具干扰，坏情绪缠身做事难以专注。而有些人在同样的时间里，却能高效有质量地做了很多事情。这和一个人的管理和平衡能力有关。那些真正忙有所得的人，都是善于管理时间、平衡生活与工作的高手，如此才能够在繁忙冗杂的世间，做到乘物游心，游刃有余。

我很喜欢的作家宁远，她曾说起自己在生活中所做的那些事情：带孩子、写作、做衣服、画画、拍照、种花、下厨、装修房子……

有读者问她：“你每天做那么多事情，哪来的精力和时间啊？”也有读者跟她说：“每天都觉得好累，工作和家务已经压得我喘不过气来了，不可能再去考虑别的事情，也挤不出时间发展爱好，或者去读书写字了。”

宁远说她之所以能做那么多事情，是因为当自己感到累了的时候，会从一种状态中抽离出来，进入到另一种状态。比如写字的时间久了，起身做家务就是休息，家务做久了，坐下来读一本书也是休息。而重要的是，不管做任何事，都对当下正在做的那件事保持高度的专注，全身心地投入。如此才不会在带孩子的时候想着工作没完成，写 PPT 的时候焦虑晚上家里来客人了吃什么……那种“身在曹营心在汉”的状态当然会搞得自己身心俱疲。

还有一个很重要的能力，那就是时间管理，宁远也有自己的一套方法。她会把当天需要做的事记录在本子上，并且分清轻重缓急，将大小目标进行分解，阶段性地去实现。利用好空隙时间，比如等人的时候回邮件，养成记录的习惯……而要做好时间管理，就需要一个人高度的自律和专注。

宁远说：“不上班不打卡的日子看起来很美，看起来是自由了，但其实更需要高度的自律。能管理好时间的人，才是最自由的人。要投入地做事，也要投入地玩耍。”唯有自律和专注的人，才懂得放下，懂得控制自己。如此你的内心才有余地接受更多的事情，把当下过得特别用心与诚恳。

04

曾看过杨澜采访星云大师的一段视频，也聊起过“忙”这个话题。星云大师说：“忙也是一种修行。”

杨澜针对现代人忙碌的状态，进一步问道：“但是像这个舟马劳顿，包括现在坐飞机，坐车，等等，其实对人的身体要求还是蛮高的，同时，这么忙会不会让人的心情难以平静呢？”

星云大师说：“人忙心不忙。我们的心要安详。心如果不忙的话，光是体力上的消耗，它休息一下就又恢复了。你像坐飞机、坐火车。正是休息的好时间，正是可以计划、思想、用心的时候，养身，也要养心。心养好了，无事不办。”

世间纷扰，风云变幻，但我们不能被它裹挟着走。心底清净方为道。平心静气是我们与世界相处的一种方式。唯有如此，我们才能在繁忙的世间悠游自适，从容淡定地去面对；才能在自我的夹缝中，看到最初的明朗，找到人生的宽度，雕刻出真正的生命印记来。

这世上，没有一种生活不是千疮百孔

叶倾城说，穿旗袍的女子永远清艳如一阕花间词。

路过一家旗袍店，看见里面的架子上立着各种式样典雅的旗袍，弥漫着旧日民国的风情和韵味。旗袍上点染着精美的刺绣图案，那是坐在光阴上的手艺人，用一针一线精心勾勒出来的。素净的旗袍上，有古意雅致的青花瓷，有层次分明的中国水墨画，也能看到一枝红色的蜡梅，从寒冬里探出头来，印在雪白的大地上，说不出的沉静和美好。

然后，你看到了从戴望舒笔下的《雨巷》中走出来的丁香姑娘，她穿着旗袍款款而来，在结着哀怨的眸子里，却也有着略带羞涩的深情。她在等待一个人，期待把自己的心事说给他听，而他恰好也懂。尔后一生一世，细水长流，相濡以沫。

只是，在爱情的世界里，每个人穿着的旗袍里都住着不一样的爱情，有人坎坷至深，孤独而终；有人触手不及，凄然谢幕；

有人相偕一世，安然静好。红尘俗世中，言不尽千古爱，道不清万世情，冥冥之中恍若因缘既定，自有归宿。

01

在寒冷的冬季，我又一次翻阅张爱玲的书集，思绪游走在她书中的民国时代。扉页是她的一张穿着典雅的丝质旗袍照片。她双手叉腰，高昂着脸，眉眼上扬，看似带有一丝微微的笑意，但感受到的却是无限的冷意。旗袍紧紧裹着她单薄纤瘦的身材，也紧紧裹着她的内心世界。她欲摆出一副孤绝清高的姿态，仿佛要抵抗这个荒寒的尘世。

张爱玲对旗袍一往情深，绘成了她人生和爱情的底色。小碎花旗袍流淌着她纯真的少女时光，浓艳色系的旗袍绚烂了她的青葱年华，藏蓝、银灰色素布旗袍，少了往昔的惊艳，却多了中年的恬淡、晚年的岑寂。

胡兰成眼中的张爱玲是“国民临水照花人”。她在文学创作上有着惊人的天赋和才情，胡兰成也要敬她三分。她的经典之作穿越岁月，一直为后人津津乐道。然而她的爱情，却坎坷而辛酸，寻不到爱的暖意，只能看到清冷的幽光，让人感到惋惜。

张爱玲曾与胡兰成有过一段情缘。因胡兰成读到张爱玲的一篇小说《封锁》后，便一往情深，胡兰成对她展开了追求攻势，尔后他们走到了一起。他们每天都会见面，也总有聊不完的话题。在相爱着的世界里，一沙一尘也穿上了美丽的衣裳，世间的一切都成了动人的风景。

胡兰成曾在《民国女子》中回忆：“一日午后，好天气。两人同向附近马路上走去。爱玲穿一件桃色单旗袍。我说好看。她道：‘桃色的颜色闻得见香气！’”想来，那年的旗袍一定是裹住了她人生中最美的时光。那年的爱情亦是陌上游春赏花，天边摊开一抹画布，只要肆意点染几笔，都能漾出一朵艳红的玫瑰花来，卷在恋恋的时光深处。

张爱玲曾将自己珍贵的照片送给胡兰成，并提了字：“见了他，她变得很低很低，低到尘埃里。”究竟是有多深爱一个人，才愿意放低自己的姿态，谦卑如尘？也许真的深爱一个人的时候，什么都不在乎了。只因他的一切都是她的心头好。

然而，甜蜜的爱情只是昙花一现，“愿使岁月静好，现世安稳”的誓言却经不起时间的考验，爱情之花终究凋零了。胡兰成背叛了张爱玲。痴情的张爱玲试图挽回这段感情，还一路寻着胡兰成的脚步来到了温州，却发现爱情已经渐行渐远了。她原本就是孤清高傲的女子，她追求的是完美的爱情。风雨温州行之后，她幡然醒悟，爱情再也回不来了。因为爱得太深，所以分别时也是如此的果断和决绝，一转身就再也没有回头。即便后来胡兰成给在美国的她去了很多信，她依旧坚决不回。

若干年后胡兰成在笔端上回忆两人的往事，依稀也还能听到当年她温柔动情的声音。可伊人从此不在，再也见不到她穿着那身“桃色的颜色闻得见香气”的旗袍了，只能化作干涩无味的文字，让此情可待成追忆。

如果说，张爱玲的前半生是穿着浓墨重彩的旗袍，惊艳绚丽，拥有着高雅华贵的爱情，那么她的后半生穿着的却是灰色素朴的旗袍，简单平实，爱情也还是在的，但却饱蘸着难言的辛酸。

离开了胡兰成，张爱玲孤身一人漂洋过海来到美国，与穷困潦倒的作家赖雅相识结婚，也曾有过一段清静的日子。但好景不长，赖雅体弱多病，在他离世的前两年更是一直瘫痪在床，张爱玲不离不弃地照顾他。她背负着经济和精神的双重压力，日子过得十分清苦。在创作上，也因为照顾赖雅屡次中断，出版社的多次退稿也让她备受打击。赖雅去世后，她孤独一人，漂泊无定近三十年。在一个孤寂的秋天，张爱玲逝世于洛杉矶公寓，几天后才被发现。

她最后一件衣裳就是一件旗袍，赫红色的，衣领已经磨破了。似水流年里，爱情曾经桃红配葱绿多妖娆，但总有褪色磨破的时候，仿佛白流苏身上穿过的那件月白蝉翼纱旗袍，被月光浸泡过了，浮现在水面上的，只有沧桑的往事。

爱恨亦无言，无声隐没在了红尘岁月中。

02

自从看过《阮玲玉》的电影后，始终忘不了那最后一幕，她穿着旗袍静静地躺在鲜花丛中。她香消玉殒，从此带走了多少爱恨。《葬心》凄婉哀怨的音乐响起，让人的内心充满了无限惆怅和伤感。

阮玲玉生前酷爱旗袍，她天生丽质，明眸皓齿，楚楚动人。清丽端庄的气质也让她成为了民国时期完美的旗袍代言人。在那黑白无声的影片世界中，阮玲玉常穿着各种式样华美的旗袍，或妖娆魅惑，或高贵优雅，或古典沉静，在影片中诠释了风格各异的角色。她在流波微转中，闪着曼妙柔美的倩影，生动而妩媚，演绎着人世间的爱恨情仇。

看她的灰白照片，她轻盈地将头微微一侧，柳叶眉荡漾着淡淡的忧思，薄唇轻启，嫣然一笑。她对世间有一种深情的向往，脸庞上垂下来的几绺青丝，也遮不住她那迷离而单纯的神情。最终也因了这过分的红尘，让她的生命戛然而止。

阮玲玉是一个对生命满怀希望并充满力量的人。她在演艺上倾注了所有的热情，也让她一步步走向了事业上的巅峰。然而在爱情上，她却总是遇人不淑，幸福始终从未敲过门，甚至将她推向了死亡的深渊。

阮玲玉先是陷入纨绔子弟张达民的爱恋之中。因他曾经救济过她和她的母亲，便以为他是个可靠之人。然而他却是个不求上进、玩世不恭的人。后来张达民家道中落，他嗜赌成性，更是赖上了阮玲玉，经常跟她要钱。在他眼中，阮玲玉不过是他的钱袋子。而她却很想珍惜人生中的第一份感情，但也因此时常处在不安和苦恼之中。

后来茶叶富商唐季珊对阮玲玉发起了猛烈追求。但他对阮玲玉的爱，也是出于骨子里的那份虚荣和花心。阮玲玉受够了无赖张达民的纠缠，唐季珊的出现，刚好给了她转移情感的契机。因此阮玲玉接受了唐季珊的追求，但她的别恋也只不过如歌词中所说的："是贪点儿依赖，贪一点儿爱。"渴慕爱情的她，本想从唐季珊那里感受到爱的暖意，却发现原来他也是一个负心薄幸的人，并不能带给她想要的幸福。而张达民依旧厚颜无耻，经常纠缠阮玲玉。她心中的隐痛无处可说，只能默默忍受。

阮玲玉曾演过一部电影《新女性》，她在影片中吞药自尽，但忽然觉得她不应该死，她还想用生的力量去反抗所有的不公，临死之前对抢救她的医生说："救救我，我要活！"出戏以后，阮玲玉坦言："我多么想成为这样的一个新女性，能够摆脱自己命运的新女性，可惜我太软弱了，我没有她坚强。"她的一番话，也预言了她命运的悲剧。

后来张达民得寸进尺，心生诡计假借赡养费的问题，把阮玲玉告上法庭。唐季珊也无情无义，经常对她施以打骂，再加上舆论的攻击。最终她选择了吞药自尽，留下了四字遗言"人言可畏"。

乱世风云中，她还是逃不过苦情戏。她静默、隐忍，期待爱情之花的绽放，却始终可望而不可即。生，亦无可恋。绝世名伶的刹那芳华，也只永远地停留在了光影的世界中。

那一年，阮玲玉年仅二十五岁。

她的爱情就像是一袭新定制的旗袍，面料考究，刺绣精美，也没有褶皱，想象穿上去的人儿，多么的美。然而因不小心滴了些许墨水在上面，却再也不能穿了。最初对爱情的美好和渴望，也只能永远地停留在最初的想象之中。她于是迫不及待了，带走了心中所有的哀愁和痛苦，也带走了那件最美的旗袍，还有梦幻中的爱情，去了另一个没有苦难的世界。

03

在看民国画册时，看见潘素的一张黑白照，她身材高挑，穿着一袭剪裁得体的黑色旗袍，微微侧转的倩影也衬出了她高贵典雅的形象。盘在耳后的头发，垂吊的耳环，更显她的端庄和温婉。她像是从冰天雪地里走出来的古典美人，沉静中带有冷艳神秘之感，淡定地驻足于这个人间。身旁的蜡梅夹杂着几分清冷，却也添了几许傲骨和灵动。

偶然一道微光洒在她的身上，洒在蜡梅上，照见了她的人生，爱情的美好。她穿着旗袍自带气场，严谨的立领锁住了年月的心事，精致的盘扣也系上了她的爱情故事，且听岁月细细道来。

在潘素十三岁那年，她的生母去世了。后来她的父亲再娶，继母将她卖入青楼，开始了她噩梦般的生活。然而峰回路转，也正是在这里，她遇上了她生命中最重要的人——张伯驹。虽然身在青楼，但她的举止之间却散发出一朵幽兰的清香。他对她一见倾心，还写了副对联送给她，把她比作古典美人王昭君。自古佳人爱才子，潘素也爱上了他。此后她洗尽铅华，嫁给了张伯驹，而他也不再有风流韵事，最后陪在他身边的只有她。从此幸福之花从这里开始盛开，开始了两人相濡以沫的一生。

婚后二人举案齐眉，琴瑟和鸣。张伯驹很珍惜这份来之不易的良缘，还发掘了潘素的绘画天赋，请名师来悉心栽培她。潘素的绘画潜能也因此得到了淋漓尽致的发挥。她用一生的时间习花鸟山水，青山雪景，栩栩如生，绘出一幅幅杰出的画作，终成为蜚声中外的书画艺术家。

他们是艺术世界里的一对璧人。潘素绘画，张伯驹题字，二人在精神领域的相遇相知，就是一生。他们珠联璧合，一生相携到老。他们的前半生锦衣玉食，后半生却屡遭磨难，苦不堪言。但即便穷困潦倒，处境苦涩，他们依旧互相扶持，肝胆相照，也没有磨灭夫妻二人的志趣，日子也是饱满而生动的。

有一次，大病初愈的张伯驹对潘素说：“桑榆未晚，我们再搞一次合作，你看如何？”潘素欣喜应允。她画了一幅《自梅》，张伯驹题词《小秦王》："寒风相妒雪相侵，暗里有香无处寻。唯是月明知此意，玉壶一片照冰心。"潘素最爱的便是那幅《素心兰》的画，张伯驹为她配了一首诗："予怀渺渺或清芬，独抱幽香世不闻。作佩勿忘当路戒，素心花对素心人。"

好的爱情就是遇到好的人，素心花对素心人，披星戴月，温暖彼此，和你共守一世流年，抵抗这个尘世的寒意。

若蝶轻舞，一袭旗袍一种爱情。我们每个人都有一件属于自己独一无二的旗袍，诉说着不一样的爱情故事。

但无论风云如何变幻，旗袍始终有一种经典的恰到好处的美，简洁而得体，低调又高贵，穿越恒远的岁月永不逝。爱情也是如此，它其实很简单、纯粹，只是有时候沾染了太多的世俗尘埃。似水流年里，但愿结在心上的爱情，一如那年穿在身上最美的旗袍，有最初的心动与美好。

你所以为的幸运，是别人努力了好久发出的光亮

01

我端起眼前的酒杯，起身推开椅子，走到琳姐的身边，叫了她一声："姐姐。"正沉浸在幸福和喜悦中的琳姐，听到我唤她的声音，忙回过头来。此时她的脸上有些微醺的红晕，带着淡淡的温柔的笑，依然美得不可方物。琳姐说："妹妹，你来啦。"我激动地对琳姐说着祝福的话语，随后敬了她一杯酒，我的泪水也禁不住在眼眶里打转。

是的，琳姐在单身十年后，终于重新遇见了属于自己的幸福。琳姐的他，是一个成熟稳重、慢条斯理的人，也很懂得体贴人，照顾人。刚刚，他们把这份喜悦分享给了大家。

我真心替琳姐感到开心。因为她这一路走来实在太不容易了，甚至曾有过如切肤彻骨的经历，受过伤害，但她依然努力站了起来，活出了一个全新的自己。我很欣赏琳姐的一点是，无论遇到什么，

她的心底依然葆有一份纯粹的相信与真切，有一种不动声色的温柔与坚韧。

02

第一次见琳姐，真心被她的美所打动。琳姐看起来很年轻，眼神中闪着清亮而柔和的光。她喜欢穿一身得体简练的休闲装，举手投足间散发着热烈又神秘的气质，有一种特立独行的美。后来才知道，原来琳姐已经年近五十了。琳姐拥有一份自己的事业，经营着一家公司长达十多年，思维敏捷，说话掷地有声，做事雷厉风行。

一开始跟琳姐接触的时候，觉得她有种难以亲近的距离感。但相处一段时间后，发现她很有亲和力，爽朗幽默，让人如沐春风，像个温柔的知心姐姐。看似女强人强势的外表下，有一颗周到体己的心，懂得关心人，也没有高姿态的架子。

琳姐是一个有情有义的人。在公司里有一直追随着她好多年的左右手，她曾帮好些员工渡过不少难关。比如某个员工家属生病了，她会站出来组织慰问，甚至曾有员工因为买房的钱不够，战战兢兢找到她，她也毫不犹豫，第一时间让财务拨款借了出去，所以她的手下都很珍惜和她在一起共事的时光。这十多年来，她也一直在热心做公益，资助贫困学子上大学，而被她资助过的学生，也懂得感恩这份心意。其中毕业后走向社会，事业小有成就的，也将这份善心传播了下去。

我们也曾坐在一起促膝长谈，我阅历与能力尚浅，谈及我的困惑与梦想，琳姐会以过来人的身份，告诉我不要慌，不要急，把心踏踏实实安下来，终会遇见自己想要的一切。我很欣赏琳姐对待生活的态度，不疾不徐，极为自律。快五十岁的琳姐，身材依然保持得很好。琳姐喜欢运动健身，周末也会拿起篮球去运动场挥洒一番。她说，“我喜欢运动时轻盈又热烈的感觉，我们的身体和思想也是一样，我想要做一个轻盈又丰富的人。”

如今的琳姐经常各地飞，去出差，去学习，去交流，去旅行。但无论是哪一种，她都会以享受、专注的心态投入其中。每次从外地回来，琳姐都会从当地淘回一些精致有意思的小物件，摆放在家中。她喜欢鲜花，定期会更换花束，心旷神怡，满室添香，让日常变得更加动人。她也很喜欢下厨，去她家中总能吃到她做的美味佳肴。

在我心目中，琳姐就是一个女神级的人物，却没想到，原来她曾有过一段不为人知的艰难的经历。

那次坐琳姐的车，她的手机铃声响了。接过电话，她像是听到了一个久违的朋友的声音，语调轻快软萌，在和电话那头的人打趣。放下电话后，她顿了顿，说：“我这个朋友，可惜了。”我疑惑不解。她说：“其实我们两个人都曾有过相似的经历，受过一样的伤害，所不同的是，我站起来了，她没有站起来。”随后，琳姐讲起了自己的故事。

03

我才知道，原来，琳姐曾经历过一段失败的婚姻。这段婚姻曾带给她难以想见的痛苦和煎熬。但庆幸的是，她最终得以解脱，放下，也重新站了起来。

十多年前，琳姐和前夫一起从外地来到广东打拼，两人白手起家，一起开公司做生意，经过一番打拼后公司也小有规模。后来，她怀孕了，这原本是一件很幸福的事情，但就在琳姐怀孕期间，前夫背叛了她，而且出轨还是她最好的朋友。这两个在她的生命中都很重要的人，竟然背叛了她，这让琳姐如五雷轰顶，悲痛欲绝，难以接受眼前的事实。琳姐的前夫跪求她原谅，可她一次次的原谅并没有换来前夫的悔改，他们依然藕断丝连。

琳姐坦言，那几年她过得极其艰难，时常觉得天都要塌下来了。那时的她想过和前夫离婚，却没有勇气，因为孩子还小，未来也不知道何去何从。白天她装作若无其事地去公司上班，可下了班，她却常常不知所措，不知道自己的家在哪里，该往哪个方向走。她甚至站在天桥往下看，想过一死了之，以寻求解脱。但想到那年幼的孩子，她告诉自己一定要好好活着。“我只能选择站起来，除了这样别无他法，不然只能倒下。”说起电话中的那位朋友，原来她也曾遭遇和她一样的背叛。只是她再也没有站起来，人就疯了，现在在老家孤独无依，偶尔清醒，偶尔疯癫，她深感痛惜。

就这样，这段名存实亡的婚姻后来还持续了好多年。直到十年前，公司因琳姐前夫经营不善，导致破产，还欠下了上千万的债款，她才下定决心和前夫离婚。

琳姐说，原以为离婚会让自己更加万念俱灰，所以迟迟没有勇气离开这段糟糕的婚姻。没想到，离婚反而成了她人生中的转折点，内心也得到了真正的解脱。琳姐没有自暴自弃，也没有了之前的软弱和畏缩，相反，她像是穿上了铠甲一样，有一股坚韧的力量，支撑着她勇往直前，因为她知道，她的背后已经没有任何依靠，能真正救赎自己的人，除了自己，再不会有其他人。

自此，琳姐的人生就像开了挂一样。先是事业蒸蒸日上，后来也收获了一份爱情。她把亏损即将破产的公司从前夫手里接了过来，连同那些债务也承担了过来。我问她是怎么做到的？因为真的很难想象，在尚未成年的孩子、受伤已久的内心以及堆成山的债务面前，得要多大的力量和信念，才能真正站立起来。琳姐说，首先是放下，因为之前在婚内受到的伤害太多了，所以当这一刻来临时，反而有了久违的轻松。其次理清并解开自己的心结，拨开眼前的云雾看清接下来要走的方向，剩下的就是好好去努力的事了。

琳姐把那些追债的人聚拢到一起，并真诚地告诉他们，所有欠下的债务，将会在两年内悉数奉还，但也需要你们的帮助，那就是继续巩固双方的合作关系。因为之前的公司主要是前夫在经营，公司亏损跟前夫失败的经营理念以及管理不善有关。所以导致合作方不再信任。而眼前的琳姐，却让这些债务人感受到了诚心，发现她的确与她的前夫不一样。出于这份诚意，大多合作商愿意继续跟琳姐保持合作关系，也有动用自己的人脉和资源，推荐其他合作商过来。琳姐仅仅用了一年时间，就把债务全部还清。第二年公司开始盈利，重新走上正轨。接下来的十年，琳姐风风火火做事业，公司在稳步向前发展。

琳姐一边打理公司，一边把自己的生活过得有滋有味。她去学习，交友，旅行，学佛，去修复那颗受伤的心，重新找回真正的自己。在经历过一场失败与不堪后，她不再像从前那样，患得患失，对未来没有安全感。这一次，她把命运牢牢地掌握在自己的手中。

琳姐把未成年的孩子带在身边，很幸运的是，儿子并没有因为父母情感的破裂而受到负面的影响，反而让他成长为一个有担当、有上进心的人。这跟琳姐的教育方式有关，尽管夫妻之间缘分已尽，但她从来不在儿子面前说前夫的不是，或者拒绝前夫对儿子的探视，她也未因此割断与前夫家人的联系。

琳姐依然保持善良和美好，说起前夫，她坦言自己早已放下。

当时公司破产后，连他们一起买的房子都抵押了，不仅欠债，还沦落到租房子的地步，日子过得无比艰辛。离婚后，她的前夫和婆婆一起回了老家。而公司在她的经营管理下，良性运转，她还拿出一笔钱，给在老家的婆婆买了一套房子。如今前夫也偶尔会给她发问候短信，也很后悔这辈子最对不起的人是她。但半生悄然已过，一切已成为过去。无论如何，他们再也不可能回到过去。现在的琳姐，觉得自己很幸福。

04

这十年间,追求琳姐的人也很多,但她依然保持对爱情的清醒。琳姐说："我依然相信爱情，但我不再盲目地选择跟一个人在一起。我要等到一个真正适合我的人，有共同的生活观，愿意一起在平淡的日子里种下繁花盛景。所以在那个人到来之前，我先打理好我自己，爱好我自己，自然而然的，有一天那个人才会来到你身边。"

直到这一天，一个男子深情款款地站起来，开心地向在场的亲人朋友们宣布："今天我要趁这个机会，跟大家说一声，我和她在一起了。"听到这个消息真的很开心，琳姐终于重新收获了自己的一份幸福。

如今琳姐的微信朋友圈，也会看到她像年轻人那样秀恩爱，晒一些他们一起去旅游去学习的照片，分享一起生活的点点滴滴。琳姐说：“很喜欢自己现在的状态，也很庆幸自己重新站了起来。生活中即便有了一些挫折，也不再能打击到我，我依然会好好做事业，好好爱自己，好好去爱人。”

我们每个人都期待和自己爱的人一生一世一起走，但倘若这段感情一开始就是个错误，那么不妨及时止损，选择勇敢放手。人生在世，受伤在所难免，但没有什么过不去。愿你经历后，依然能重新站起来，依然对这人世间怀有虔诚的善意与美好心。

第二章

把时间浪费在喜欢的事情上

做个可爱的人，过有趣的生活，与其说是一种能力，不如说是一种选择和心态。

生活需要仪式感

01

周作人在《雨天的书》中说过一段话："我们于日用必需的东西以外，必须还有一点无用的游戏与享乐，生活才觉得有意思。我们看夕阳，看秋河，看花，听雨，闻香，喝不求解渴的酒，吃不求饱的点心，都是生活上必要的——虽然是无用的装点，而且是愈精炼愈好。"

而生活中的我们，却常常活得太用力、纠结，过于执着"有用"的东西，以致常常忽略"无用"的装点。这只会助长欲望的膨胀，心灵却越来越空洞，生活也越来越无趣。所以我们容易错过很多美好，如夕阳、落花、听雨，而这些恰恰是能让心灵获得滋养的景致。

做个可爱的人，过有趣的生活，与其说是一种能力，不如说是一种选择和心态。

02

我从初中开始，就极喜爱雪小禅老师的文字，因为她的文字充满了生活的韵致与禅意。后来有了微博，有了微信，我也经常关注她微博和微信朋友圈中点点滴滴的生活动态。她还是个很可爱的人，总能把生活过得声色俱全，粲然有温度，弥漫着清幽宁静又有趣的生活气味。

她喜欢旅行，经常在路上，邂逅各种有趣的人，听有趣的故事。但她也恋家，她喜欢自己下厨做饭，随后把美食和精致的器皿拍成照片上传到微信朋友圈。她喜欢去捡一些在别人看来无用的东西，有时去捡坛坛罐罐回来，有时捡枯枝桠、木槽回来，尔后在她的精心装点下，变为生活中精致又不失品位的点缀。

她最近买了一台微单，经常在清晨拿着相机去拍沾了晶莹露珠的花花草草，也拍生活中有意思的小事物，在她眼中仿佛万物皆有趣，充满清气与喜悦。小禅老师精神明亮，她经常说自己是十六岁的风中少年。她说："要永怀赤子之心，要活得万丈光芒！对啊，生活从来都是最高理想。"

以前我总是远远地看着，关注着她。后来有一次她来珠海玩，而我恰好在广州工作，于是我联系上了她。我说："小禅老师，我喜欢您的文字好多年，好想见下您。"她也极为亲切地说："来吧。”随后她把定位发给我，我从广州驱车三小时抵达珠海见到了她。她本人也的确是一位亲切可爱的人，她说话的声音细腻轻柔，比照片上看起来更年轻更可爱，给人的感觉也很温暖。我们手挽手，在深夜的小路上闲逛着，闲聊着，和她一起拍照卖萌。我带过去的两本关于她的书，她也帮我签了名字留了言。小禅老师真的就像她在微信朋友圈所展示的生活态度那样，闲适玩味。

可爱是什么，就是你知道这个世间即便有很多复杂的人情世故，甚至面目狰狞，你也依然保持着内心的洁净与天真。有趣是什么，就是即便生活庸常而琐碎，你也能够化贫乏为有趣，把生活过得热气腾腾，有滋有味。

03

孩童时期的我总盼着快点长大，似乎长大了就意味着拥有了一切。而今年岁渐长，我却怀念起儿时的纯真与无邪，渴望时光走慢一点，因为啊，我想慢慢生长，这样也许就能清晰地听到走路的声音了。

世间茫茫，人生若梦，生活的本质其实是平淡烦琐的，我们会面对诸如事业上的不顺畅、家庭生活中一地鸡毛的矛盾、孩子教育上的苦恼等种种千丝万缕不能逃避的生活琐碎。但你仍可以做出选择，是让生活苦大仇深还是轻松有趣。因为生活不管怎么过，它的本身都是不容易的，至于你的感受是甜还是苦，取决于你的一念之间。

于我而言，当繁忙匆促的生活不可避免时，我会适时地转移关注点，让自己的思绪清零。而让生活过得有趣的重要方式就是让自己保持简单与可爱，忙里偷闲，多一些闲情逸致，给心灵松绑，生活才会变得有趣。

真正的可爱并非是孩童的专属，不是单纯的卖萌，也不是一味的娇俏，而是一种对生活持之以恒的态度和热望，一种内心的纯净和圆润的通透。

就像老树，我很喜欢看他的画和打油诗，每次看都让人心情愉悦。他用寥寥数笔勾勒出民国时期的长衫先生，以古典山水做背景，并配上率性幽默的打油诗进行调侃。如“遇上烦心事情，有点不大高兴。坐对一树桃花，心中忽然大静。”“去年心情郁闷，一念入了空山。朋友忽然来访，接我去吃大餐？”在充斥着焦虑浮躁的生活中，仍能感受到一番闲适肆意、酣畅淋漓的心境，实属可贵。

作家秋微说：“人一辈子最珍贵的品质其实就两样：一是热血，一是天真。”

自从来了广州，对于喜静的我，面对人群和拥堵的交通，再加上白日工作的繁忙，也给我带来了困扰。但也练就了我随时都能调整自己内心的能力，去发现生活中的小确幸，以契合这个环境。

我也记得那晚的愉悦，我和木子先生在闲逛散步时，惊喜地发现，闹市之外竟然有一条狭长僻静的乡间小路。我们像发现了新大陆一样欣喜不已。这里车辆和人流也很少，有昏黄宁静的路灯，有散发着稻花香的田野，有晚风轻轻吹过来的暗香浮动，还听到了草间窸窸窣窣的虫鸣叫声，有一种静水流深的美好，竟有久违的感动，那夜心也跟着澄澈了。而有趣的东西，也会带有记忆属性。我也仿佛回到了乡下的童年时期，虽然没有儿时田间的流萤飞舞，但难得的静谧也让我感到了一种惬意和舒心。原本白日的压力与疲累，竟然因为一条幽静小路的发现，而抚平了内心的慌乱和躁动，仿佛万虑皆忘，生出美好和趣味心来。

如今，我发现让我保持恒久愉悦记忆的，并非那些有用的拥有，而是这些看似无用的装点，静静地看一场日出，认真听风吹的声音，坐在海边看潮起潮落，去花间拍好看的照片，在窗边阅读书籍或发呆，还有一些不经意的发现。原来奔跑的路上并不总是空茫，至少让我知道原本有些习以为常的事物，也可以因为一份心意的可爱，变得弥足珍贵而有趣。

04

有趣是一种生活方式，往往对生活怀有真诚与敬畏心。而对生活保持热爱的人，心中也会平和如初，无论生活有多么困窘，无论经历什么坎坷，也不会被磨灭初心，依然渴慕着世间的一切美好和温暖。

在看杨绛的《我们仨》时，杨绛曾说："我们沦陷上海期间，饱经忧患，也见到世态炎凉。我们夫妇常把日常的感受，当作美酒般浅斟低酌，细细品尝。"

她也曾记录过这样一件小事。当年他们三口之家回国后，一直居无定所。后来一家人搬迁到干面胡同新建的宿舍，添了几样家具后，才终于有了个像样的家。但即便如此，他们的生活依然过得趣味无穷。就连上馆子吃饭，都能享受到别人所想不到的娱乐。

有一次，他们一家三口去饭馆吃饭，在等待上菜的空档，钱钟书和阿瑗一直在观察其他桌上的食客，甚是入神和着迷，仿佛在听一场精彩的戏曲。杨绛看着眼前父女俩的样子挺逗，便问他们究竟在干啥。阿瑗说："观察生活是件很有趣的事，你看那一桌两个人是夫妻，在吵架，那一桌是在宴请亲戚……"随后，他们一边吃饭一边看，待到吃完饭的时候，有的戏已经下场，有的戏正在上演。这样的一家三口，无论生活多么艰难也总能其乐融融，平淡的生活中处处洋溢着温情。正如她所说"这种滋味值得品尝"。

我也很喜欢看三毛与荷西的故事，三毛在荒凉、贫瘠、单调的撒哈拉沙漠生活，没有任何抱怨，而且将生活化为有趣丰富的文字，字里行间充溢着浪漫的异域情调。她的文字中有沙漠的新奇、她和荷西建的小屋、简单有意思的婚礼、去海边打鱼等种种生活乐趣。生活尽有日复一日的柴米油盐，但依然可以过得鲜活、有趣。她说：“我唯一锲而不舍，愿意以自己的生命去努力的，只不过是保守我个人的心怀意念，在我有生之日，做一个真诚的人，不放弃对生活的热爱和执着，在有限的时空里，过无限广大的日子。”

我也很喜欢《浮生六记》中的芸娘，她是一位可爱的女人，她与沈复在面对贫穷的生活时，依然能一起畅谈诗词书画，看花枝堆锦绣，听鸟语弄笙簧，优雅地活出日子的趣味来。她会用花木做移动的屏风，她会自己编席子并在上面雕梁画栋，她会用纱布把茶叶包好，放到荷花蕊上，第二天日出前取出，泡出带着淡淡莲花清香的茶。她善于烹饪，普通的家常菜在她的手中也能变成色香味俱全的美食……生活哪有那么多宏大的主题，无非是由一个个细微的瞬间构成。而这一切在可爱的芸娘手中，把玩得津津有味，日子过得饶有趣味。

人世缥缈幽远，天宽地阔，我们兜兜转转，一直望着远方奔忙寻觅不止，到头来却发现，人生最难的不是苦觅未得，而是把当下熟悉的每一缕光阴过得有趣并珍藏，在荒芜的人生中开出幸福的花来。

这么看来，原来有趣不是因为你拥有了什么，而是你善于去从枯燥乏味的生活的细枝末节中发现什么。也不需要拥有多么丰饶的物质，比起这更为珍贵的是，你有没有一颗懂得玩味与欣赏的心，有没有对天地万物保持温柔与善意，诚实地去面对庸常生活的心。

木心说："一个人到世界上来，在做什么？爱最可爱的，最好听的，最好看的，最好吃的。"虽然世间不尽完美，但我们依然可以选择去过有意思的生活，遇见阳光拥抱温暖，最终拥有清宁自在的内心空间。

生活是一门有趣的艺术,而这仅供有可爱澄澈心的人去发掘。生活不必被世间名目占得太满,我们仍可以匀出一些闲适的时光，去行走山川，观风花雪月，感悟生活的点点滴滴，而这些也会渗入一个人的生命形成她特有的气味，变得气定神闲，拥有真正的从容与大自在。

此刻的样子，就是最好的生活

01

四年前的这个夜晚，分明的月光下，有两个牵着手走路前行的影子。一个是木子，一个是我。

那一段路有点远，平时来回都要坐车，但那一次我们是走路回去的。也不觉得有多远了，因为彼此心中的温暖和安定，已足够让人忽略掉这段路的距离。

在路上，木子自恋又有些羞涩地对我说："你知道吗？遇上我，你真的很幸运。"说完，我感觉到他又一次握紧了我的手。此后相处的时光中，也印证了他所说的这句话。

那是我们相遇后的第一次牵手，以后再也不是一个人了。想到这里，我感到了一种前所未有的幸福。以前也有觉得幸福的时候，但那毕竟是有残缺的。而今的幸福却是一种圆满的感觉，仿佛昔日生命中缺失的某一部分，在久经探寻后终于找回来了，自此生命变得圆融而完整。

而在这之前的三个小时，木子紧张得语无伦次，与平日侃侃而谈的他判若两人。他花了三个小时来表明心迹，说着对我的喜欢，还说以后会对我好。再回到这之前的两个月，我们在茫茫人海中有了第一次相遇。那是在人才市场里，我即将毕业找工作，而他恰逢在招聘。他面试我后，通知我过来上班，于是他成了我的老大。上班后我们有了更进一步的接触，也因为都单身，业余我们常约在一起打羽毛球、乒乓球，期间也会聊很多，也似乎总有说不完的话题。在这过程中，我也发现了彼此的三观都很契合，还有一种说不出的默契。渐渐地我对眼前的这位高个子有了一种莫名的好感。而我也感觉到了他看我的眼光，跟一般人不一样。这么说来，其实在他表明心迹之前，我也悄悄喜欢上了他。

当木子说起我是他的初恋时，我有些惊讶。也因为他大我四岁，而且无论是形象、学识还是能力上都是很不错的。

我笑话他："啊？没想到你也是小白呀。"

他却一本正经地说："不想轻易妥协，只想等到那个对的人。"

原来我们都是彼此生命中的那张白纸，这也正是我一直所希冀的。我喜欢洁净、纯粹的爱恋，我期待在暮色苍茫的岁月尽头，会看到最初的白纸上，已经写满了动人的生命故事。所以每次想到我们都是对方的初恋，我都会特别的开心。

与相识的时间长短无关，一切只与你有关。所以在相遇的两个多月后，我们走到了一起。从此欣悦地发现，世间变得极致明亮而美好。而目之所及之处，亦尽是天光云影，草木一片欣荣。

我并不恐惧婚姻，只因为和我一起走的人，是他。因此相恋一年多，一切都水到渠成，我们一起步入了婚姻的天地。

02

而他当初所说的："遇见我，你真的很幸运。" 所谓的"幸运"，也在婚后如放射状般无限延伸。我从来不抗拒平淡的生活，相反我更喜欢从中琢磨出一些温软绵长的趣味来。而在这样的平淡中，足以弹奏一曲细水长流的岁月和歌。

我们下班后会一起去逛菜市场，手拎大包小包，回来一起做饭。深夜肚子饿了，他会陪我下楼到处找吃的。有时候看到我在洗衣服，会把我抓起来往房间里赶，嚷着："我来我来。"他对自己很苛刻，舍不得花钱，也不抽烟不喝酒。但对我却无比慷慨，有好吃好玩的都会先想到我。以前上班要坐公交车，每次一下车都能看到他站在一旁等我，他还会从袋子里拿出洗净的苹果递给我吃。他知道我喜欢听音乐，接我的时候，也会带上音乐盒子，问我要不要听。

我经常看完一本书，都会跟他分享，他也会静静地听我说。说完了我会问他："你听懂了吗？你怎么不说话？"他会用小孩子般说话的腔调回应我："嗯嗯，我听懂啦，我看老婆说得那么开心，不忍心打断而已。”如果我写了文章，他会是我的第一个读者，他也会说一下自己的阅读感受。他事业心比较强，他想到工作上的好点子，也会与我分享，询问我的意见。有时候我们各忙各的，一整晚都不说话，但一抬头就能顺着灯的光亮看到他，我的嘴角会不自觉地轻微上扬，这让我特别心安。

我们还有个萌萌的身高差，为着那二十五厘米的距离，这一生，我亦是要始终保持仰望的姿态了。而我又是典型的瘦子，他有时候会用父亲般怜爱的目光看着我，随后摸摸我的头，叹气道：“妞子啊妞子，你怎么越长越小呢？”有时候又调侃道：“小个子我喜欢，因为好欺负。”有过好多次，他都会趁我不注意时把我拦腰抱起，随后往上空轻轻一抛又双手接住，循环抛几次。伴随着的是他得意的畅笑声。待我落地后，等待他的通常是我的一顿暴打。

他常常说我长得没有安全感，不放心我一个人出门。因此即便我们短时分开，一旦联系不上，他也免不了一阵胡思乱想。有一次他在外出差，而我身体不舒服待在家里休息。那天我没上微信，因为手机没电关机了，充电线又忘在办公室里，于是暂时隔绝了网络通讯。结果没多久就听到一阵大声的敲门声，原来是保安。他说：“你老公打不通你手机，一直联系不上你，你赶紧给他回电话吧。”

我前段时间淋巴炎肿痛，本以为它很快就会自动消除，所以没在意，没料想肿了两个月。直到有天跟他说起。他怪我怎么不早说，随后带我去诊所打了两天的吊瓶，陪到深夜。后来发现还是没有完全好，他便请了假，拉着我去了广州最好的中医院。直到医生说没事，他才放了心。

生活中类似让我感动的小事还有很多。没有轰轰烈烈，有的只是细碎而妥帖的温暖。用心去感知相处的点点滴滴，我发现木子真的为我做了很多。所以我告诉自己，要记得他的好，要感恩。

因为在乎，才会把你放在心上，一直惦记着。而也只有真正爱你的人，才会用心去疼惜、去体贴。

03

我不畏惧长途跋涉，但我在乎与我前行的人，是否有足够的勇气与我共同去面对生活中的那些荆棘。

这需要一个好的伴侣。好的伴侣意味着他是一个懂得孝顺的人，人品也不错，他还是一个有上进心的潜力股。很庆幸，木子就是这样的人，当然，更重要的是我们彼此相爱。

我们亦深知，真正的爱，是不能脱离柴米油盐的现实的，如果一味沉浸在醉人的风花雪月，裹足不前，那这样的爱情是无法拥有未来的。

刚开始在一起的时候，我们什么都没有，我们没房没车没存款。他说不想让我跟着他居无定所地奔波，他想要给我一个稳稳的家。

我说，我们一起努力吧。至此我们有了共同的奋斗目标。一年半后，我们贷款买了房子，然后搬进了新家，从一个四十平方米的小居室变成了一百多平方米的三室两厅。三年后，我们有了自己的小车，想去哪里就去哪里。而今，生活慢慢变得从容。

我一直都觉得，我们想要的，不一定要马上去实现。只要不忘徐步前行，那么该来的总会来。

结婚那年因为买房后面临着经济压力，我们没有拍婚纱照、没有蜜月。后来生活稍微松缓了一些，当我们路过婚纱店时，他看出我对婚纱的渴望。他说我们也去拍个婚纱照吧。随后我们在网上团购，补拍了婚纱照。

他知道我喜欢旅行，但此前一直因为眼前的苟且，未能如愿。但他一直放在心上，也期待着有朝一日，和我一起去实现。近段时间，他已经规划好了我们两人五月中旬的新加坡之旅。他很自豪地说："总算帮老婆的蜜月补上了。以后我们还要去更多的地方。"

我曾问过他，为什么对我这么好。他假装一脸无奈地说："没办法啊，谁叫我这辈子栽你手里了。"我曾为着人事的离别落泪过，而一旁的他却轻轻地帮我擦眼泪："别哭，老公一直在你身边。"

想想自己，是多么的幸运啊，他一直以来都是我想象中的样子。婚后的生活也一直是我想象中的。

我们也曾磕磕绊绊，但我们从来都没有想过放弃。而岁月也让我们的心拧得更紧，愈发坚定了我们的共同目标。

电影《当哈利遇到莎莉》中哈利说过这样一句话："当你找到共度余生的人，你就希望余生尽快开始。"而想到与我共度余生的人是他，我就觉得无比庆幸。我充满了力量和希望，我相信我的人生不会太差。

纵然眼前有苟且，那又如何，这也是我们的诗和远方。爱你，就是要和你披星戴月，披荆斩棘，和你一起去实现生命中那一个个微小的愿望。

从不轻易开始，也绝不轻易放弃。而一旦开始，我就认真了。

因为那个人是你。

做自己想做的人，过自己想过的生活

01

看到雅，我会想到：干净。

雅的干净是由内而外散发出来的，就像山上澄澈明净的流泉，泛着一圈圈灵动的光影。她不施粉黛，素净的脸上总带着淡淡的微笑，生活上也有自己的一套处世哲学，她温柔而真诚地对待自己，以及身边的一切。

我曾经与雅共事过。她的桌面一直是办公室最干净、整洁的，从未见有凌乱的时刻。文件架子上的纸质资料，她会用标签贴好并分类放好。有次去找她要文件，看到她电脑上存盘的那些资料，也分门别类整理得很清晰，文件目录井然有序。她在办公室的人缘也极佳，与她相处起来的感觉很舒服。

工作之余，我们也会相约一起去逛街。逛街时，我发现雅与其他人不一样，大多数女人都是奔着购物的目的去的，在看到喜欢的物品时都会兴奋地买买买。但于她而言，逛街不一定要消费，她喜欢以逛街的方式了解那些人间情味，触摸到更为接地气的生活。而在看到自己喜欢的物品时，她也不会冲动购买，她会先衡量一下自己是否真的需要。

而在我去过她家后，我更加认同了这句话“家是一个人灵魂的道场”。她家里面的装修奉行的是“极简主义”理念，没有那些错综繁复的装饰和摆设，简淡而美好。家具数量也不多，以复古典雅的原木色为主，简约的暖色调倍觉温馨。几盆简单的绿植，散发着自然的气息。洁净的地板上泛着阳台上溜进来的光亮，角落里也是干净利落的。每一样家具都摆在它应有的位置，有一种恰到好处的妥帖感。

她穿着朴素的家常服，在厨房里做烘焙。当我们聊起家常，她说：“我每天回到家都会进行清扫、整理，与白日的忙碌或疲惫无关。这不是任务，而是我的一种生活习惯，所以我会乐在其中。随着家务的进行，思绪也梳理了，一念清净，得以重新审视这个家，审视自我的生活。而不仅仅是家务，生活、工作和其他方方面面的事情，我都会定期进行清理。”

“生活需要断舍离。唯有清理掉那些无用的累赘，才能拥有更多赏心、洁净的空间，生活的能量才会涌进来。”她顿了一下，接着说。

此时的她就像是尘世中那恬淡的幽兰，举止间也升起了烟火的温情。她的一番话语，让我深以为然。

在声色犬马的世界，能运用断舍离的智慧保持一颗初心，实为难能可贵。先不谈论其他，首先回到我们最熟悉的生活空间，重新审视一下最贴身的家，正处于一种什么样的状态中？

对一个地方越是熟悉，越容易熟视无睹，越容易忽略掉那些微小的细节。而这些被忽略的细节，也会随着时间越积越多，成为干扰我们生活的因子。如若不及时清洁和整理，东西也越买越多的情况下，放眼望去满室也许会是散乱的杂物，桌面一片狼藉，厨房的油烟爬满了烟囱，生活空间变得逼仄而狭小。

我不相信在这样的空间里，你还能保持安静、愉悦的心情，然后在这样的环境里做出像样的事情来。尤其是在做的过程中突然没有头绪或者拖着疲惫的身子打开家门时，看到一地狼藉，如此不舒服的生活场景，更会让内心的不良情绪指数加速攀升。

也许很多人会苦于家中杂物太多，难以整理，或许整理不到一段时间后，又迅速打回原形。对此，日本杂物管理咨询师山下英子曾说过：“断舍离是一种生活禅。”针对“断舍离”三个字的释义，她用了三句话进行概括：

“断”，就是断绝想要进入自己家的不需要的东西；“舍”，舍弃家里到处泛滥的破烂；通过不断重复“断”和“舍”，最后会到达“离”，即脱离对物品的执念，处于游刃有余的自在空间。

不要用潦草散漫来敷衍我们的人生。所以，在远行之前，我们先环顾一下身边的环境，清扫我们最亲近的私人空间，整理好心情后再出发。

02

然而，俗世中总有种种撩人的物欲，在试图蛊惑着我们的心。但聪明的人是会懂得节制和分寸的，他们不会过度依赖物质，或者贪图一时的快意，从而被欲望裹挟，成为自身的枷锁和累赘。

而一个人对待物质的态度，也会从一个人的身形和容貌上彰显出来。自从工作、写文后，我也认识了一些不同领域的人，他们不仅形象出众，还很努力地在追求自己想要的生活。

我的微信朋友圈里有一位干练的职场辣妈，事业做得风生水起，业余教育孩子还自己写文做微信公众号，她还很喜欢健身，有一次在自己的文章中晒出了身上的马甲线，惊讶于原来她是三个孩子的辣妈，她说自己忙得没时间变胖。还有一位创业女神，开创服装品牌已有五六年历史，高挑纤瘦的她是自己品牌形象的代言人。但她说，她属于易胖体质，一旦没控制好饮食，就会变胖的那种。倘若自己做的服装自己都不穿，想来没人会信服。于是她通过控制食物的摄入，瑜伽、跳舞健身，让身形瘦了下来，她还出了几本书。还有，她们都长得很好看。

我的朋友 H 是典型的好男人形象。他在公司带领着一批销售团队，照理说做销售的哪能不抽烟喝酒？但他就做到了。他说这些都伤身，没有什么用处。而且我还有老婆、孩子、家人呢。应酬能推就推，比起应酬他更喜欢做的是下班回家，好好陪伴自己的家人。他业余喜欢打篮球，老婆孩子也会坐在一边陪伴。一旦遇到应酬，有人劝酒，他也会婉拒，或者浅尝辄止，象征性地小酌一杯。身边的那些同龄人都在不同程度的发福，而他还保持着标准的体型。

当然也并非越瘦越好，毕竟也有很多人瘦得不健康，也并非胖就不好看了。我想说的是，在对待自身的形象上，我们可以依着岁月的行踪重新雕刻自己，让自己看起来更加舒服、轻盈而自在，而更重要的是，拥有一种好的生命状态。

不要以为耽溺物欲、钱权是一件很快乐的事，那只是短暂的快感，之后也许你要为此付出更大的代价。当你在美食面前不懂得克制，一味地满足自己的口腹之欲时，一身的横肉也许就是它给你的代价。而诸如沉迷烟酒、纵情享乐等不健康的生活方式，付出的代价也许是身体上发出的危险信号，或者其他更为沉重的代价。

“对物质放下的过程，就是清理自身、精简迷惑的过程。”这不是说我们要脱离物质，而是告诉我们不要沉溺其中，人应该有更高的追求。面对物质，我们需要有“断舍离”的处世哲学，我们不仅要知道自己想要什么，更要知道自己不需要什么。

唯有对物欲的自控，让身心处在一种流动的能量中，生命才会变得更加轻盈。而阅历和书籍，也会让一个人的内心变得更加笃定，由内而外散发出动人的气质来。这才是一个人变得好看的真相。

03

如果说居住空间、物质上的断舍离，于心而言只是一种外在的整理。倘若内心没有放下执念和虚妄，没有进行思想的沉淀，那么还不是严格意义上的断舍离。这也仅仅是停留在皮囊的剥饰而已，心灵依旧布满沉重的枷锁。

真正的断舍离，是主体与客观的矛盾取得了平衡点，是身与心的和清静寂，圆融和一，你需要在这个过程中成全你自己。

但比起外在环境的断舍离，心灵上的断舍离实为更难。生活中总有各种各样的一地鸡毛，比如家庭、情感、职场、人际关系的处理，有对当下的不满，也有对未来的担忧，都会不同程度地让人陷入负面情绪的困扰。

知名身心灵作家张德芬说过："每次当你注意到自己在负面思考的时候，要能够'断'。断的能力在于'观'，如果你可以观察到自己的负面思考，你就已经成功一半了。"如能转移注意力，放大内心的格局，会缓解一些情绪上的困扰。

而这需要一个长久的精神依托，有人喜欢摄影，有人喜欢写作，有人喜欢音乐……但无论如何，至少要有一样自己喜欢做的事情，这不因任何外在和人事而影响，如此才不会成为情绪的附庸。

于我而言，阅读、写字都会是我生命中坚持要做的事，将如细水长流般延续我的一生。因为有了热爱的事情，长远的向往，生活中无关紧要的那些琐碎，我会把它们关在心门外。我并不流连于鸡毛蒜皮，这并不是我所关注的重点。而且我本身也还不够好，一直以来我也走得很慢很慢，所以我会告诉自己，生活中没有必要的纠结和愁绪，你没有时间参与其中。

而每当写作时，我也会很快地专注在文字的快乐里，思绪会很自然地清空，退回到内心的深处，然后看到一个更宽阔的境地。在专注阅读与文字的过程中，我的精神会保持思考和自省的状态，让自己慢慢修一颗平静温和的心，再看到一个慢慢走向饱满和通透的自己。因为有所热爱，我可以走出自我局促的天地，不致让心灵陷入狭隘。

蒋勋在《品味四讲》中说："我们必定是自己先有了心灵的空间，才能有容纳他人的空间；我们必定是自己先感受到了美，才能把美与众人分享。"而心灵空间的建构，需要断舍离的生命智慧。虚饰净尽，明心见性，精神的内核才会慢慢凸显出来，生活才会变得更加轻盈。

心态情绪组成心情，心情决定我们选择

01

那天被友人拉进了一个微信群，旁听了一节微课堂。主讲人是一位曾在巴西圣保罗大学留学的女子，尔后归国在一家外企担任高管。她分享了自己是如何申请到留学的全额奖学金，又是如何从零开始学习葡萄牙语，再到受邀登台用葡萄牙语做演讲，而这仅仅用了一年的时间。留学毕业后归国结婚生子，尔后进入外企工作，事业风生水起。

在演讲的最后，她用一句精彩的话语作总结："你的一个选择，并不足以决定你的人生质量，你一直以来的状态才是决定因素，凡事用心，凡事尽力，我相信用心的人全世界都会为你让路。"她的声音温柔细腻，沉静悠缓，却又不失坚定的力量。她的微信头像是她的生活照，披肩长发长相清秀，她笑起来有两个浅浅的酒窝，让人感觉如沐春风。人的生命状态是可以通过一个人做事的态度，以及透过对方的长相呈现出来的，对此我深信不疑。

我们总是在强调选择的重要性，当途中遇到想法与实际发生冲突时，或者努力多时仍未见成效，就张皇失措开始怀疑、动摇，甚至把过错归咎于对方或当初自己的选择。

毕业找工作碰壁了，无法迈过用人单位设置的门槛，于是抱怨对方戴着有色眼镜，抱怨自己的学校不好、专业不好。工作几年后仍旧平庸，于是抱怨公司种种不如意，又或后悔自己当初没有选择更好的平台。婚姻也是如此，昔日感情和睦的恋人如今总为琐事争吵不休，互生怨恨，后悔自己当初选错了人……可是，每个人所做出的选择，难道不是当初的自己所认为的最合适最好的选择吗？而人生，也从来就不会有一劳永逸的选择。

选择，仅仅意味着一场马拉松赛跑的起点，一个漫漫长路的开始。而通往远方更为关键的，是接下来如何走好选择之后的路，而我们又将以什么样的姿态在走。

02

成功的定义是什么？看到一句关于成功较为中庸而贴切的定义：“所谓的成功，也许就是按照自己想要的生活方式生活。如果你觉得安于现状是你想要的，那选择安于现状的生活就会让你幸福和满足，如果你不甘平庸，选择一条改变、进取和奋斗的道路，在这个追求的过程中你也一样会感到快乐。最糟糕的状态莫过于当你想选择一条不甘平庸、改变、进取和奋斗的道路时，却以一种安于现状的方式生活，最后抱怨自己没有得到自己想要的人生！”

所以关键在于，你所追求的生活方式是否与你内心的真实意愿相匹配。而最终能否匹配成功，取决于你是否有持续的行动力，即便有矛盾的碰撞，也能以沉静从容的自在状态去消融、去化解。这个过程，也会让你变得更加丰盈、饱满、坚韧有力量，并从你生活中的各个方面和细节中呈现出来，同样的又反哺于你的生活，滋养你的生命。

我曾就职于一家公司，我的老板是一位雷厉风行、叱咤商界的女强人，她创办企业有近二十年的历史，从创办企业的那天起，她就一直致力于女鞋事业发展。她在商界中游刃有余地闪转腾挪，她独立自信、干练果敢，遇事也能沉着冷静应对，智商情商超高，魅力超群。

而生活中的她，又是另一面，幽默风趣，充满活力，喜欢和年轻人打成一片。因为保养得当，心境年轻，让她看起来也就是二十多岁的样子。但其实，她已经是四岁宝宝的奶奶了。

她也有小情调的诗意情怀，她会把新租来的办公室装扮成精致的小花园，绿色浓密的枝叶顺着办公室一楼的手扶梯攀爬到三楼，我们每天上班走楼梯的时候，都仿佛置身在一片清新的绿意中。

她做得一手好菜，偶尔兴致来了还会绾起头发，系上围裙，为员工亲自下厨。厨房中的她，褪去了女强人的干练与强势，化身为温柔亲切的邻家姐姐，让人觉得很舒服。

跟她出差时，她会与我谈起她过往的一些坎坷的经历，分享她的人生经验。她说："无论你在做什么，你的状态都尤为关键。人生就是痛并快乐着的一个过程，问题总会出现，但不要轻易放弃，信念要足够笃定，人就会慢慢地靠近美好和远方。所以我还是该干嘛就干嘛，作息规律生活方式很健康，照样做事业，照样到处行走，享受生活。我认为我的每一步都很踏实。"

倘若你能在生活的细节中感受到那些温润而精微的美好，那么这份美好也会在潜移默化中慢慢渗透进你的生命里。你的生命也会在岁月中透出清明的质地和光感来。

拥有好的生命状态，意味着人即使身处世间的繁芜和逼仄，在跌宕起伏的山河岁月中行走，也能滤掉浮躁的因子静下心来，把眼前的事情踏实地做好，在氤氲流动的轨迹中呈现出它该有的样子来。

事情的本身不应当成是任务，苟且也不该是我们逃避的理由，这些也仅是我们生活中的一部分。只要以愉悦之心去对待，在凝神静气中自如呼吸，那么便会在做事的过程中，感受到灵魂在跳舞的一种喜悦，精神世界也会逐渐变得阔大而丰富。

03

我喜欢手艺人的世界，喜欢他们做事时专注和安静的神情。他们的世界很慢很慢，也就在这样的慢动作慢镜头中，能够清晰地看到时光所织就的一件作品，从无到有各个阶段所呈现的生动的轮廓，并在生命中熠熠发光。

日本东京有一家只卖羊羹和最中饼两种点心的小店，店名叫“小笹”。店面小而朴素，只有三平方米，年收入却高达三亿日元。没有做任何广告宣传，还每天限量一百五十个，每人限购五个，却门庭若市，很多人在早上四五点就过来排队了，遇上节日甚至深夜一两点就有人排队等候购买了。

羊羹的制作虽然简单，无非是把用红豆与面粉或者葛粉混合后蒸制，冷却成型即可。一件事情看似简单，但若要让它自带光芒，也是需要用时间去精心打磨的。

这家小店的老板叫稻垣笃子，他在高中毕业后便继承了父亲的点心店事业。但稻垣的父亲是一个很严苛的人，稻垣在制作羊羹的最初十年间，迟迟未得到父亲的认可。直到稻垣第一次“听”到紫色光芒的声音时，父亲终于点了下头。而为了让这道紫色的光芒持续，他又用了十年的时间对红豆的产量和质地、木炭的状态甚至气温和湿度进行了反复的摸索、调和。每当看到这道紫色的光芒时，他都会生发出极大的喜悦感。如今他所做的羊羹已经远远超过了他的父亲，而这，他用了自己一生的时间。

稻垣对自己做事的态度要求严苛、自律、忘我而专注。他说：“一旦炼制羊羹时，就是我一个人的世界。那是谁都不能打扰的我和羊羹面对面的时候，是只能专注于这件事、心无杂念的时间。”

他还说：“一辈子做好一件事情，什么事都可以。现在慢一点没关系，只要记得前进就好。”

尽管世间浮华万千，人烟嚣盛聒噪，他们仍依心而行，专注一事。他们不随波逐流，不急不躁，一辈子只做一件事情，以匠人之心往深处静静沉入，并把这件事情做到极致。他们的生命就是他自己的一件作品。

04

毕淑敏曾说：“人生的重大决定，是由心规划的，像一道预先计算好的框架，等待着你的星座运行。如期待改变我们的命运，请首先改变心的轨迹。”因此我们需要修行，修一颗沉静从容的心，让自己的内心变得豁达而强大，让自己的生命状态呈现出气韵和生动来。而这样的人，必定是一个冷静而清醒的有智之人，即便身处困境，他也会游刃有余地去理清那些枝蔓，未来终会云开雾散。

我们需要从生活中来，再到生活中去。修行没有时空的限制，而日常生活就是最佳的场地，从中洞悉细微之处一点一滴的美好。

在洋溢着生活气息的菜市场感受生活的热烈和温度，在厨房里煮一顿饺子看那缕缕升起的烟火气，在书房中捧书阅读把岁月珍藏，或在旅途行走，寻一片草木情深，看夕阳在下山，黛青色的远山淡入云层……随清波婉转，赏风光霁月，千帆过尽依旧是万种风情。

无论身居何时何地，我们都可以试着心怀虔诚欢喜意，学习如何与当下的每时每刻交流，并在这个过程中找到一种主客相融的共振和愉悦感，最终在自我与外界中达到一种灵动相谐的平衡，心平气和地走向期待中的样子。

去保持拙朴的天真，去进行温柔的试探，去慢慢靠近天地光阴的美好。以安静沉凝的生命状态，度残缺而繁复的人生，活出生命该有的样子。

每一个不曾起舞的日子，都是对过往生命的辜负

01

去年我爸来广州，我陪他一起去麦当劳吃薯条、汉堡、鸡翅，随后坐地铁去大学城闲逛。夜晚和他一起去珠江边散步，吹着惬意柔和的风。也看珠江两岸的夜景风光，看那矗立苍穹闪着霓虹灯的小蛮腰，看五光十色密集的摩天建筑群 CBD。我们还沿江走过广州大剧院、省博物馆、省图书馆，看海心沙广场的人群熙来攘往，热闹非凡。

我爸的兴奋之情溢于言表，感叹广州变化真大。仿佛他在这几十年固化的生活中，遇见了一种久违的感动和鲜活的气味。

但我还是能发现他眉梢眼角闪过的一丝孤独与落寞。因为世界越来越繁华，而他却不再年轻。即便广州这个地方，他曾经异常熟悉，但也终究过去二十多年了，早已发生了翻天覆地的变化。

白天坐地铁时，他不知道该怎么买票，不知道该从哪里进闸，

不知道该往哪里上地铁，有如孩子般的手足无措和慌张。去北京路、上下九步行街，到处都是人和车，他的身影淹没在人群中显得异常渺小。那个在家乡的圈子里游刃有余的他，那个小时候如山一般硬朗的他，却被时光浓缩成孤独略显无助的身影，不禁让我的内心感到一阵酸楚。

其实，我爸年轻时，也去过好多地方。当年他读完初中就跟着爷爷一起在镇上干活。在他十九岁那年，爷爷逼我爸结婚，我爸一气之下离家出走，独自一人来到了广州，这一待就是好多年。广州的每个地方，他几乎都跑过。他见识过二十多年前的广州。

直到二十五岁那年回老家跟我妈结婚，结婚后他也带着我妈一起来了广州，他还帮我妈找了一份服装厂上班的工作。但结婚不到三个月，爷爷就病重去世。爷爷去世后家里一团糟，也欠下了好多债务，当时我妈也恰好怀上了我，所以爸妈选择了留在家里，承包了大片土地栽种果蔬。从我记事起，家里的生活就伴随着难言的琐碎与沉重。妈妈的身体不太好，奶奶瘫痪十年，我们三姐弟上学读书，可想而知我爸肩上的担子有多沉重。

我爸是一个很少抱怨的人，平时沉默寡言，脾气也尚好。但只要他喝多了酒，一向话不多的他就牢骚满腹。俨然一位失意的受害者，当年的激情与梦想，也早就被生活磨得不知去向。他最难以释怀的，是他当年无法选择遵循内心的召唤。也因为囿于现实的局限与无奈，只好眼睁睁地看着自己的人生被岁月与现实所碾压，眼睁睁地看着自己的一生仿佛就要这样庸碌地过去。尽管在我们看来，他是一位很好的父亲。

可人生没有回头路，岁月就像一条只会向前流淌的河流般不会为谁而停留。

虽然如今家里的日子好过了很多，我爸也有了很多自由的时间，可外面的世界日新月异，早已经不是他当年正值黄金年龄时的那个年代了。

我想，假如当年的他没有那些繁重的羁绊，假如他能勇敢地冲破现实的栅栏，避开生活的琐碎与沉重，是不是他的人生就是另一种样子？但不得不承认，现实有时候就像一把巨大的钳子，会锁住一个人的命运，让你只能待在那个狭小的空间里。

曾有读者问过我，自己现在一无所有，很是迷茫和焦虑，问我怎么办。其实这个时候的一无所有，又何尝不是一个人人生中最好的增值期？你没有太多诸如房贷、车贷的压力，你单身未婚还没有家庭的束缚，也还没有太多沉重的羁绊和责任，你其实可以去很自由地选择自己的发展道路，去大胆地提升和丰富自己，只要时间没有被虚度。

02

我曾在教育机构工作过，机构当时的一位女副总给我留下了很深的印象。我还记得当时的一场全体员工会议中，起初她一直很低调地坐在台下的前排。当主持人念到她的名字时，她优雅地站起了身，随后回过头来脸带温柔的笑意跟大家挥了一下手，美好而温暖的气息悠悠而来。

她披肩卷发，有小家碧玉的灵动，又不乏静定的气场。她说："讲台上的花布置得很美，心情一瞬间也变得愉悦了，谢谢有心的同事。"演讲中，她讲起了自己是如何从一名默默无闻的小职员到如今管理整个华南地区市场的高管。

她也说起了她当年的故事。她说，当年的她高中毕业后，留在村子里的一所学校教书，境况说不上很好，但比起外出打工，这份教师工作还算体面，也轻松稳定多了。但她的内心始终蠢蠢欲动，想要去看看外面的世界，她不甘心就在闭塞的村子里过一生。

但她的想法并未得到家人、亲友的支持。一想到未来几十年就要为了别人而活，理智告诉她，这不是她想要的人生。倔强的她还是选择了遵循内心的声音，毅然辞去了教师的工作，只身一人来到了人生地不熟的广州。当时她进入的这家公司刚创业起步，要招收销售人员，于是她进入了销售领域，十几年间她从胆怯的小女生蜕变为知性智慧的独立女性，凭着执着的那股韧劲，她从默默无闻的业务员，成为管理整个华南地区业务的高管。她的状态很好，长相年轻，看上去像是二十多岁的样子，可她已经四十多岁了。

她说："尽管生活不在别处，我还是想去别处看看。虽然当年的老家生活也许会很舒适、安稳，但那种一眼望得到头的生活让我恐慌。如果继续待在村子里，我也许会和其他女孩子一样，过上结婚生子、相夫教子的生活。如果那时我再想改变，一切就会变得很被动了。我很庆幸那时候我跳了出来。"

青春年少时，我们总是有很多梦想，想要拥有诗和远方。但美好的背后往往伴随着疼痛的心意和残酷的路径。所以很大一部分人，当舒适的诱惑摆在面前时，更多的人会选择妥协与投降，毕竟比起未知的未来而言，舒适和稳定，也许是最不冒险的一种选择。又或者因为现实生活的种种羁绊，很难迈开步子去做出新的选择而被动地生活着，对世事变得钝感、麻木，生命也在时光中一点点变得沉寂、黯淡。

米兰·昆德拉说："永远不要认为我们可以逃避，我们的每一步都决定着最后的结局，我们的脚正在走向我们自己选定的终点。"岁月不可逆转，当你站在人生的十字路口时，你要去谨慎地选择自己想过的生活方式。你要警惕无时不在挑逗、诱惑着你的安逸，防止它出现在你的生命里。而人也要有勇气跳出舒适圈，敢于将自己抛在生活的烟尘里翻滚，让生命充满动感与活力，精神获得跳跃的能量。

03

一个从心出发，在路上思考着行动着的人，无论冷暖还是苦乐，他的心都是进步着、愉悦着的。因为他知道，在路上的自己是清醒着的，也因为他在随时审视着自我，在构筑一个新的世界，新的人生。

也有些人，正因为有了“别处”，才有了憧憬与努力的理由。懂得忍耐的人，时间也总会给出你想要的答案，让你过上自己想要的生活。我因为写文也认识了不少自媒体人。其中有一位旅居德国的女子，她在德国开了一家咨询移民公司，她也有自己的自媒体平台，也转载过我好些文章。一来二去，她也和我聊起她过往的经历和异国他乡的生活。

她说起自己在十多年前，大学毕业工作了一段时间后，深知自己能力和学识的局限，也很渴望人生的另外一种可能性，于是做出了留学深造的决定。然后她开始了行动，边工作边备考雅思。尽管前路充满了很多未知和挑战，但她选择了在路上，选择了重新出发。

雅思考过了后，她也顺利申请到了加拿大哥伦比亚大学留学，毕业后她也在当地找到了不错的工作。之后她又去了很多国家，很多地方，直到三十五岁那年，遇到了在德国工作的先生，随后她移民到欧洲，后来有了一位可爱的女儿。

她说："我二十几岁的时候，可折腾了，我也去了很多地方。不要太早选择安逸，也不要太早被琐碎牵绊，后面还有几十年的人生，年轻时有那股子冲劲，就要敢于把自己抛到路上去，大胆地去闯荡。"

而人生越往后走你也会发现，路仿佛越走越窄。因为我们会被越来越多的世事牵绊着，而人的每个年龄阶段也会有不同的使命。我们会从一个自由的人，到和另一半结合组合成一个家庭，此时你会发现，除了你的梦想，你还需要去妥协某些想法和想做的事情，要面对更多的鸡毛蒜皮以及需要处理的关系。有时候，人的自我与周遭也存在着矛盾与对立性，想要实现自我与坚持也不是件易事。

所以，不要害怕年轻的自己一无所有，力量单薄，至少你拥有足够自主的时间可以自由掌控，至少你可以不因现实的羁绊，可以选择远方放手一搏。

你要珍惜可以随时仰望"别处"的时光，这不是要让你享受，而是要珍惜这份希冀和憧憬，这可以让你全力以赴毫无顾忌地去努力。

04

我们总安慰自己平凡可贵，可那也应该是你越过万重山、踏遍荆棘丛生的草地后的境界。曾有一段时间我很爱看游记，看了好几本小鹏的书，那时他一直在路上，也在《背包十年》中写道：“我从三毛、格瓦拉、凯鲁雅克、路人们那儿获得了梦想和鼓励，我想告诉那些走在我后面的年轻人，人生不只是房子车子，应该还有另外一种可能。”

小鹏在这十多年间，一直在坚持一件事情，就是保持在路上的姿态，去了很多地方，写了很多文字，记录那些光影世界。他一路洒脱，但也心酸无限，体会孤独，路上同样有生活的艰难。而今，从年少轻狂的青春到而立之年，见自己、见天地、见众生，生命的博大渐渐有了新的感受，有了那份从容与平静，后来他选择了在束河创业，搭建背包十年青年旅舍，开启新一段“背包十年”，开启另一种意义上的重新上路和远行。

你不去别处看看，你怎么知道人生还有没有新的可能。你不去别处看看，你怎么找到回家的路?

人生其实就是兜兜转转的过程，有些人一直在路上追寻想要的答案，有些人厌倦了平凡的生活，选择了重新出走，有些人从在路上到选择了回归,如绚烂的烟火终归于平淡。但无论是哪一种，比起茫然地生活,毕竟实现了心底的那个声音,尽管生活不在别处，我还是想去别处看看。

唯有当你明白了追寻的意义，而非表面的舒适与安全感时，你才能在尘世的沉潜起伏中终有所得，才会有极致的生命体验，得以去应对生活中的种种艰辛与沉重的命题。看过远方才能懂得尊重世间的生灵，一颗心才会变得谦卑和敬畏起来。

最后，是选择继续远行，是稍作停歇再上路，还是终于停下脚步选择一隅安顿身心，无论哪一种结果都不重要，重要的是，我曾体验过别样的生活，我曾踏实地丈量过这片大地，我曾深刻体验沿途的苦乐酸甜，以及那波澜壮阔的美。而生命与灵魂也因此更加贴近了真实的存在。最终，我也知道了我想要的答案。

第三章

没有烟火气的人生，就是一段孤独的旅程

◈ 人生看似热闹而纷呈，其实每个人的人生都是孤独的，也会在尘世中历经无常、离合与悲欢，但也无需暗自伤怀，悲天悯人。我们可以在这孤独的行旅中，找到一些乐子。

向内自省，向外张望

在那之后的日子，当我触碰到有关的人物或地方时，我都会想起印在岁月方块纸上的零碎片段。那是一段很特别的生活体验，孤独与重生。那年我和一个老人住在山脚下，群山绿树，草长莺飞，在感受自然的暖意之时，也会不安分地走在路上，去看不一样的东西。

我曾在香港待过一段时间。我不是去玩的，是去打工的。那一年我十六岁，在桂花开遍的八月。我第一次坐火车，第一次离开家乡，第一次听见火车的鸣笛声轰隆地沿着铁轨开往异乡。但我其实没有准备好。

从小镇到大都市，一天的时间就到了。来到香港已是晚上，一来就感受到了繁华的都市气息。这里的楼很高很瘦很密集，像一阵风就能吹倒，但其实坚韧着呢。

万家灯火于格子窗户往外散发，在暗夜中透出星星点点的光亮，极为好看。只可惜没有看到天上的星星。那一晚台风登陆，刮了一宿，凌厉的台风不停地敲打着窗户，发出诡异的声响。新鲜感还未来得及开始，就被不安、恐惧、陌生取代。没有多余的喜悦，而我，就要在这里开始一段时光。

台风过后，仍下着淅淅沥沥的小雨。第二天，我要去一户人家那里，屋子就在山脚下。踏着湿漉漉的街道，雨中背包撑伞快步走。拾级而上，看到了用铁丝栅栏围成的院落，种满了花花草草，院中是一座低矮的平房，那里住着一位老奶奶。养了两只狗，毛色一黄一黑，故名黄仔和黑仔。

老人岁数大，满头蓬松的银发，带一副金丝框眼镜，拄一根拐杖，走路很慢，但脸上仍有光泽，显得十分富态。老人身体也很健康，我要做的是每天帮她做家务，比如买菜、做饭、洗衣服，还有扫扫庭院的落叶。我们是老乡，可以直接用乡音交流。她说家人几十年前就从内地来到香港定居。现在亲人都在国外，唯有一个儿子在香港，但也隔得很远，很长时间才来看她一次。屋里有电视，每天还有当地的报纸送来，我自己也带了几本书。

刚开始我是不喜欢这里的。生活极其单调而压抑，在家不曾受过委屈的我，到了这里却常看老人的脸色。老人骂人的话很难听，有时候还摔东西。不擅讨好的我也倔强着，我可以很长时间不和她说话。而越是这样，我就越想离开这个地方。我哭过很多次，心情也是灰色的。可那像积木叠起的高楼，却阻隔了我遥望家乡的视线。身体和灵魂似乎也是脱离的，我感到无力和空虚，氤氲在没有生气的空气中。我总是拿起扫把，不停地扫落叶，扫没了，我还在扫，掉一片我就扫一片。我很怕自己闲下来。不快乐的日子，我只想让时间快点过去。不远处有每天开过的列车，我曾无数次想象自己，我终于要离开这里了，背起包买票去，然后坐上回家的火车。多么的喜悦。可我还要继续等，一天的时间也似过了很久。

不知从什么时候起，我开始有了细微而真实的感受。有一次我在院子里拔草，满坪的绿色在我眼前铺开，阳光透过叶子的缝隙，地面上有细细碎碎的光影。风吹过来，有一种虔诚的诗意。那一刻我感到淡淡的满足，时光也变得安静了。刹那间，我有一种念头，我要好好生活，就像现在这样。我要忽略不痛快的情绪，学会在不讨巧的周遭去挖掘好的一面。也就在我拆掉内心的栅栏时，我真的看到了眼前闪过的流光。

与老人在一起的生活很有规律，所做的每一件事仿佛都有了时间刻度。老人依旧像是小孩子，爱耍性子，但我也试着放下自我，和她多说话了。我对着镜子练习微笑，因为我要习惯微笑，也为了给自己一个好的心情。吃饭时，我也会常给她夹菜，说道："奶奶，多吃这个。"她有时候会去院子里走走，但一般不会走出这个院子。她因腿脚不便，行动有些迟缓。她不开心了，我就逗她笑。她喜欢吃蒸鱼，我就常做这道菜。其实我在家是不下厨的，但来之前妈妈教过我，还把老人的习惯、喜好都跟我说了一遍。她经常坐在沙发上，也不看电视，就那样安静地摇着蒲扇，打量周围，有时会闭目养神。窗外的风吹过来，她的银发飘散在空中，眼神中流露出孤独。我忽然间有了一种怜悯。随后的日子，我们的相处慢慢变好。在我拿起扫把去扫落叶时，她会跟我说："穿长衣长袖，免得被蚊子叮。"

每天吃完早餐，打理完家务，我就去菜市场买菜。我先要穿过一条窄窄的街道，人流很多，街道两边也都有市民的小摊位。方寸之地，密密麻麻挂满了小饰物。街头小餐馆，没有高档餐厅的包装，但却极其自然，依旧人头攒动。香港人有饮茶的习惯，路边有些嘈杂，但却是实实在在的，一切都在有条不紊地进行着。日常琐碎而具体，生活内容流有浓浓的地气。开店的不一定是本地人，有潮汕人开的潮汕小吃，有菲律宾人、印尼人开的小商铺，闲时几个外来女子还会一起击鼓跳舞……一个小小的街市也容纳了不同国度、不同文化背景的人群，有着各自的个性和特点，竟也变得生动了。

穿过小街道，转一个弯就是菜市场了。内地以"斤"为单位，香港是论"磅"的。蔬菜瓜果很新鲜，但都并非港人自产，基本上是从各个地方采购而来。蔬菜也是一早从深圳用火车运输过来的，喝的水也是源自内地。刚来的那几天，在屋子以外的地方，我只去附近的菜市场，买完菜就回来。

当我看到走出门前的一条小径后便是大马路，而这不仅有去菜市场的路，还有通向其他地方的路。于是我不安分了。谁说只能去菜市场呢？我也可以一个人，去我没去过的地方。

幸好我多走了一些地方，才看到了它的另一些样子。香港其实很小，但它小而精，不失分寸，精致又妥帖。一般看到人多、车多、路窄的地方，脑海里都会出现拥堵的混乱场面。但香港不会。你会惊讶于它的有序，而且路面永远都是干净的，你肯定也想知道它是怎么做到的。我认为是规矩与素养吧。它没有江南的细腻和温婉，但它也有自己独特的个性与气息。这里的节奏很快，很少看到有人停下来，也很难看到随意和慵懒。

香港又像是一个引领时尚潮流的摩登女郎，有一种不动声色的高傲和冷艳，气场强大，也很笃定。又仿佛要拒人于千里之外，让外人难以接近，看到她的内心。但她又是张扬的，与你保持距离的同时，又希望有人能欣赏到她的美。

我没有特定的方向，就这样漫无目的地走走逛逛，大约有一种印象和观感，然后再循着来时的路回去。

老人有午休的习惯，这个时候，我都会拿起书本和椅子，到院子里有树荫的一角去看书。蝉鸣四起，绿林却仍是一片幽静。我很喜欢黄仔，它看我坐在一边，也会蜷缩在一旁，乖巧而安静的样子惹人怜爱。那个时候，它是我最好的朋友。黄仔也会害羞，有时候我不看书了，我就笑着看它，摸摸它的头，轻轻地唤它的名字，它会把头歪向一边，或者眼神瞟到其他地方。而黑仔比较调皮生猛，它被一条链子锁在角落一边，不然它会跑出去与其他的狗打群架。每天下午三点半，我开始做狗粮，在电饭煲里放入米、鸡翅、配料还有水煲半小时左右。然后盛在铁盘里放到微冷，才给黄仔和黑仔吃。

我喜欢天黑，常盼着它的到来。意味着这一天的结束，离家的日子也更近了，只要睡一觉就到了明天。夕阳下山后，我开始做饭准备晚餐，随后洗碗整理、收拾。之后和老人一起看港台新闻。老人睡得比较早，一般七点就回房间了。之后，我便开始一段一天之中最自由最清醒的时光。我做自己的事，看报纸、看书、写心情日记。躺在床上时，看一下窗外，远处仍是那些高楼格子窗的光亮。第二天再伴着阳光醒来，空气中有草木露珠的清爽气息，光线也很特别。虽然仍有期待和不适，但我不再与环境对抗。

十八岁那年，高考结束后，我又一次来到了这里。还是这个老人，还有黄仔。除了时间，仿佛什么都没有变。我还是会到处走走，有时候不小心走得远了，回来迟了，也会有老人的抱怨："买个菜也要那么久？"但我也不和她急，我会微笑着对她说："看，奶奶，我给您买了好吃的。"

我和老人的相处也越来越好。她会指着那有年代感的照片，跟我说她的儿孙近况，还有他们每个人的故事。我也仔细地聆听着，老人是伟大的，只是现在时间又把她变成了小孩子。到我离开的那天，她会问我："什么时候过来照顾奶奶？舍不得你啊。"那一刻心会柔软下来，又酸楚。但我的内心还是高兴的。打开栅栏，跟老人挥手告别，我一路小跑去车站。因为那里是回家的方向，而我的下一站也在等我过去。

多年以后，我不再是一个人。上周，我和木子先生来到香港。我们去了好几个点，也发现天空有了一座蓝色的城，被阳光洗得很干净。但我没去那个地方，那些人事也随着流年渐变得遥远。妈妈说，老人后来被送到养老院去了，黄仔早已死了，是被其他狗仔打死的，房子还在那个山脚下……

“来到这个地方，是用来成长的，你该庆幸。”这是我十六岁那年，写给自己的一句话。时至今日，面对生命中的一些困难，我仍会收起隐忧平常居之。有些地方，会路过。有些经历，让人清醒。而岁月，也真的会慢慢变好。

练习生活，练习爱

01

回到乡下，我在屋后小巷散步时，遇见迎面而来的邻家伯伯，我随即与他打了声招呼。许久不见，眼前的他苍老了许多，看似平静的神情实则难掩落寞孤单之意，皱纹如靴白发两鬓生。

我朝他走来的方向看了一下，原来他刚刚去过那个地方。那是他几年前去世的妻子的墓地。

我至今还能忆起，他的妻子去世那天，他悲痛欲绝、号啕大哭的情景。可能说到这，你会以为这应该是一对感情很好很恩爱的夫妻。当另一半去世时，才会如此让他肝肠寸断。但恰恰相反，生活中的他很大男子主义，脾气暴躁，吹毛求疵，经常因为一点小事就对妻子大发雷霆。而妻子是一个性格比较木讷、安静的人，家中的大小事务都由她操持承担。儿女在外面工作，这对夫妻就在老家帮忙带孩子，当然主要也是妻子在带。

我记得有一次他们因为做饭吵了起来。起因是他的妻子在煮饭期间，带孩子在屋外转悠了一下，可能没掌控好时间，米饭有些糊了。他回来发现后，就开始埋怨她连这点小事都做不好，骂人的话也很难听。妻子偶尔也会回他几句，但只要一回他，他便骂得更凶，还翻旧账。我们隔着一堵墙都能听到他在院子里吼骂妻子的声音。

他自己平日里会把大把的时间用来搓麻将，每次都能听到他家传来麻将声和笑声，他在自家阁楼上也养了一些鸽子。经常能看到他家的阁楼顶上，飞出一群鸽子在天空中划出一道完美的弧线，太阳下山时又会自动飞回来。他的日子倒是过得悠闲自在，非常滋润，但他却把笑脸给了别人，把怨气与刻薄给了她。

那一晚，月亮爬上柳梢时，他们家又传来了刺耳的吵闹声。但仔细一听，那次的吵闹声却与平常不一样，还有断断续续的抽噎声。原来她身体不舒服，在痛苦地呻吟着，不停地嚷着痛。而这时候的他却仿佛变成了一个不知所措的小孩，带着哭腔一直问她："你哪里痛啊，哪里痛，还痛不痛？我带你去看好不好？"

后来，120 救护车来了，停在了他家的门口，一阵手忙脚乱之后，车子开走了。他们家很快便又恢复了安静。但那一次的安静却让人感到不适。

接下来的三天，一直都没见到夫妻俩的身影，大门依然一直紧闭，没有任何声音。

第四天，终于有声音了，儿女也从外地赶了回来，但传来的消息却让人始料不及。原来她再也没有了气息，离开了这个世界。她平时身体就不太好，也患有好几种病症，只是在那一刹那发作了。更没想到的是，她会不告而别，走得那么快。

之后一连几天，都是他哭天喊地的声音。

后来，他也不去搓麻将了，孙子被儿女带走了。

再后来，他一个人吃饭，一个人生活，偌大的房子空荡荡的。经常看到他在周遭逛悠，神情落寞，魂不守舍。她的墓就在他家附近，他每天都会去墓地看好几回，偶尔看到他蹲在那里默默地拔草，让人看了无比心酸。

以前我一直以为，他是不爱她的，因为在我们看来，他对她一点都不好。但自从他的妻子离开后，我发现原来他是爱她的，思念她的，只是爱的方式一点都不温柔。而今，她已经走远，想要对她好，却再也没有了机会。原以为这一生还能一起走很多路，蓦然回首就来到了生命的尽头，甚至来不及说再见，未免唏嘘。

不告而别，大概是生命中最令人难以接受的离别之殇了。我们总以为来日方长，所以我们容易忽略对身边人好，容易忽略去好好珍惜爱护身边的人。但很多时候，命运无法把控，生活不知道什么时候，就会被命运砸下一个巨大的缺口，让你措手不及，来不及告别和思索。曾经熟悉的人和事，一转身就成了永恒的陌路，彼此之间再也没有了未来，过往的一切也只能停留在最初的记忆中。

就像《少年派的奇幻漂流》在理查德·帕克与派最后的告别

那样：“到了丛林边上，他停下来，那一刻，我确信他会回头看我，他会顺下耳朵，他会吼叫，这样，他会为我们的关系画一个句号。但是他根本没有如此行为，他的眼睛直盯着丛林，然后，理查德·帕克，这位我备受折磨时的伴侣，让我生存的令人畏惧的凶猛的东西，他一越向前，就这样永远从我的生活里消失了。”

02

“日子过得真快，尤其对于中年以后的人，十年八年都好像是指缝间的事，可是对于年轻人来说，三年五载就可以是一生一世。他和曼桢从认识到分手，不过几年的工夫，这几年里面却经过这么许多事情，仿佛把生老病死一切的哀乐都经历到了。”读来尽是苍凉满腹，世事漫随流水，算来一梦浮生。

再次重温张爱玲的小说《半生缘》，小说开头的这段话现在读来依然让人无限惆怅。世间最令人怦然心动的情感，莫过于脉脉有情凝眸相对，却又欲说还休欲言又止的最初。

而世钧与曼桢，两人年华正当好，他们的爱情宛如澄明莹水的星光，美好的情丝亦在这明亮的光影下仿佛永如初生。可世事难料，两人却因为一场不自知的错过消失在彼此的世界中。不幸的曼桢落入姐姐策划的“借腹生子”圈套，此后怀着绝望的心情与姐夫结婚生子。而软弱的世钧寻觅曼桢多时仍无果，遂也顺从了家人的意见与翠芝结了婚。

书中写到当两人再次见面时：

“世钧问曼桢：‘你那时怎么不给我写信？’曼桢含泪说：‘写了呀，总等不到你回信。’世钧颤抖，仿佛中间错过了什么。如果世钧收到她的信，他是会找她的，不顾万难，虽然他懦弱。他在等她的消息，她在等他的消息，在那样无望的时刻里，等待是他们唯一的希望。可是世钧的母亲压下了曼桢的信，瞒着他。”

从此两人相隔天涯，就此别过，这一别就是十八年。

“那时候一直想着有朝一日见到世钧，要怎么样告诉他，也曾经屡次在梦中告诉他过。做到那样的梦，每回都是哭醒了的。现在真在那儿讲给他听了，是用最平淡的口吻，因为已经是那么些年前的事了。这时候因为怕茶房进来，已经坐了下来。世钧越听越奇怪，脸上一点表情都没有，只是很苍白。出了这种事，他竟懵然。最气人的是自己完全无能为力，现在就是粉身碎骨也冲不进去，没法把她救出来。”

而十八年后，他们再一次的久别重逢，却是“我们再也回不去了。”一语道尽流水之殇、世事之沧桑。

多么让人唏嘘的结局，这场错过最终以让人遗憾的结局收场。他们多么希望能回到过去啊，这样，世钧就可以再勇敢一些，去打开小黑屋的房门，将曼桢救出来。而曼桢，如果她能预知自己的命运会因为姐姐而变得如此曲折，她就不会事事顺从她的姐姐，从此命运就不必改写，两个人可以在一起。

但一切，只能是如果。有些人一旦错过，转身便成了永恒的消逝。十八年后的世钧与曼桢，只能是最熟悉的陌生人，再也回不去了。比起不能在一起，更心如死灰的是，你不告而别，从我的世界里消失了。而比起不告而别，更让人扼腕喟叹的是，原来这么多年过去了，其实我们还爱着对方，却终因当年的误会而错失了我们在一起的未来。

春如旧，人空瘦，泪痕红浥鲛绡透。桃花落，闲池阁。山盟虽在，锦书难托。

03

看完《追风筝的人》，心情仍久久不能平复。让我极为感动的是仆人哈桑的诚挚与勇敢，他始终把富家少爷阿米尔当成最亲近的人。每当阿米尔受别人欺负时，瘦弱的哈桑也总会站出来保护他。哈桑甚至说出那句感人至深的话："为你，千千万万遍！"

但阿米尔却常常看不起哈桑，还嫌弃他仆人的身份，嘲笑他。当哈桑去捡寻阿米尔的风筝时，被一伙不良少年堵截在小巷中蹂躏侮辱。阿米尔虽然看到了眼前的一切，却出于懦弱避而远之。也从此，阿米尔背负了沉重的心理包袱。但阿米尔为了逃避内心的不安，他陷害哈桑父子俩偷东西，未知真相的父亲遂把他们赶出了自家的大门。之后随着阿富汗战争的爆发，阿米尔跟父亲移民去了美国，从一无所有到渐渐稳定下来。表面上看来，阿米尔过上了平静的生活，但他的内心并未因此解脱，他依然无法摆脱对哈桑的愧疚之情。

阿米尔说："许多年过去了，人们说陈年旧事可以被埋葬，然而我终于明白这是错的，因为往事会自动爬上来。回首前尘，我意识到过去的二十六年里，自己始终在窥视着那荒芜的小径。"

因此他想为哈桑做一些弥补，哪怕是做一些微不足道的事情，也愿能因此抚平岁月带来的不安与愧疚。后来，阿米尔重回阿富汗故土，走上了救赎的道路。也从忘年好友拉辛汗处知道了更多的秘密，原来哈桑是自己同父异母的兄弟。而哈桑也一直在践行自己的诺言："为你，千千万万遍。"但哈桑却在守护阿米尔在阿富汗的家时，连同妻子被叛军杀害了，哈桑的儿子索拉博也成了叛军的娈童。

但这一回，阿米尔不再怯懦，他勇敢地和敌军搏斗，历尽艰辛后把哈桑的儿子救出并接回了美国，将他抚养长大。最终，阿米尔放下了内心的重负。

04

有时候一念之间的闪现，也许会让彼此的生命呈现出截然不同的走向和轨迹。有时候不经意间的错过，也许会让你背负沉重的心灵代价，在岁月中龃龉独行，带给生命难以填补的缺口。有时候覆雨翻云的无常，也许会让你的命运重新洗牌，却再也不会回到最初。

而离别也在我们的生命中不断上演，有些止步于见面之初的擦肩而过。有些停留在彼此生命中一段时间，之后我们挥手说再见，或因某种原因错过，从此天各一方。有些陪你走了生命的大半程，然后先后告别这个世界。

《庄子·知北游》有云："人生天地之间，若白驹之过隙，忽然而已。"

尽管我们的人生充满了太多的变数和不确定，但我们仍可掌控自我的心念，减少生命中的遗憾。我们要减少肉身对自我的控制，放下一些诸如个人恩怨、利益得失的计较、满腹的欲望等。就像马克·吐温说："生命如此短暂，我们没有时间争吵、道歉、伤心。我们只有时间去爱。"依然要珍重生活，珍惜旅途中遇见的种种缘分，温柔用心地去对待每一个当下的人事。如此方能从容地面对生命的远方，做到问心无愧。

在这孤独中，做一世的偷欢者

每次回到老家，我都会去舅舅家见外公。

外公有很多爱好，他喜欢下棋，前几年八十多岁的他还去参加一些大赛，他的房间挂了很多他获得的奖牌。他喜欢下厨，会研究很多美食，小时候的我经常嚷着妈妈带我去外公家，很多时候也是为了贪吃外公做的各种美食。外公还非常喜欢看书，他每天都要打扫房间，将屋子收拾干净，一旁立着的书架上的书籍也放得整整齐齐。上次我去舅舅家见外公，看到外公戴着老花眼镜坐在门口的竹椅上，一手拿着放大镜，一手捧着书本依托在膝盖上看得入神。我唤了一声外公，他才从书本中抬起头来。

我问外公："现在还看书呀！"因为外公眼睛不太好，前段时间还做过白内障手术。他说："习惯了，不过现在看得少了。"其实他依然保持每天读书、看报至少三小时的习惯。在以前，他至少要看五六个小时。所以他觉得少了。外公也不仅仅是看书，他还喜欢研究，他会研究史学和中医药学，也做了很多读书笔记，尤其是中医药方面的笔记。因此他的养身做得很好，平时有什么小毛病他也会自行调理，包括家人的养身、饮食也都是他一手包办。如今外公年逾九旬，依然精神奕奕，脸色红润，身体保养得也还不错。

我想，外公之所以保持着老年生活的充实、精神的明朗，这与他爱看书是分不开的。

如果说我的生命中也有一种行为能让我坚持到老，我想我也会像外公那样——阅读，修身养性，保持思维的清醒。

而在我此前二十年来的成长历程中，阅读，也慢慢成了我生命中的一部分。

01

我非出生书香世家，家人也不怎么喜欢看书，而我喜欢看书，更像是一种自发的兴趣行为。但仔细想来也是有原因的。年少时，每晚临睡前，奶奶都会跟我讲故事，我会沉浸在一个个生动的故事里，随后眼前呈现一种美好而有趣的画面，这种画面感是现实中所没有的。后来上小学一年级时，我又重新在书本上找回了这种画面感。

小学一年级时，一本语文课本，一本看图说话，竟然能深深吸引我。每晚临睡前必看，书中有趣的插图，简洁的文字，也能看得津津有味。一学期下来，书都翻烂了。后来在爸妈房间衣柜的抽屉里，看到好几本书，封面写着《故事会》。随后我蜷缩着腿坐在一旁看，虽然很多字都不认识，也看不太懂，但纸页间传递给我的气息告诉我，书就是个藏着宝藏的好玩意。

有一次去找邻居小伙伴玉儿玩的时候，看到她的爷爷坐在门口的藤椅上，戴着一副老花眼镜就着光影看书，书上面写着《故事会》。我于是上前问："爷爷，这书我可以看吗？"他从书中抬起头来说道："你也想看呀？"我点点头。玉儿爷爷笑了起来，他说："现在好好读书，这书还不适合你看，等你长大了就可以看啦。"

玉儿转身悄悄对我说："我也有书，咱俩可以一起看。"玉儿家有好些适合我们当时那个年龄看的书。也因此，我和玉儿一起看了不少书，在这场饕餮盛宴中滑过了不少年少的有趣时光。我们一起看了漫画书《老夫子》《蜡笔小新》《哆啦 A 梦》等，滑稽憨傻、风趣幽默，我俩笑声不断。稍大一点也看《一千零一夜》《安徒生童话集》《中国古代神话》等童话故事类，在妙趣横生的故事中学会明辨是非，习得什么是善良与勇敢，什么是丑恶与虚伪。后来这些书已经满足不了我们了，玉儿也学会了"偷"书，常趁她爷爷不注意时偷书看，随后借给我，再神不知鬼不觉地放回她爷爷的书架。我也接触了《山海经》《读者》《故事会》

《青年文摘》等杂志，甚至《家庭》《知音》《安顿文集》等情感类的闲书都“偷”来了，我们看了一期又一期，一样陶醉其中。而情感世界的隐秘也在向我们悄悄打开一个窗口，有时候看的东西很消极，字里行间仿佛充满了绝望，有些情感又充满了美好，让心升起一丝向往，也隐约知道了情感是个什么玩意。

年少的我们被贫瘠的村庄包裹着，但好奇心却似乎已飞越苍茫连绵的千重山，想到外面的世界看个究竟，而书籍，刚好填补了我们内心的渴望。

也记得在夏日暑假的清晨，伴随着稻田里的阵阵蛙鸣声，我四点多爬起来，趴在干净的地板上，身上盖着被单，一手拿着书，一手打着手电筒，任思绪漫步在满纸烟岚的书中。我与有趣的世界和人物同悲同喜，看到感人处也能声泪俱下。有时候我和玉儿一起睡，两个人躺在床上一起看书，一起聊书中有趣的人物与故事，两人欢喜不已窃窃私语，也会因此争论起来。岁月一片静谧，那是一段最为澄澈明亮的时光。也会惊喜地发现，原来这个世界除了捉迷藏、玩游戏之外，还有一个那么精彩又有趣的世界，又仿佛天地万物皆具性情，整个世界都是我们的。

上了初中，我们学校每隔一段时间会有书商过来摆摊。我也开始买书，看《智慧背囊》《心灵鸡汤》《时文选粹》等鸡汤文学，从一开始的如饥似渴“喝”个不停，到后来内心泛油起腻。之后换口味开始接触一些名著《三国演义》《红楼梦》《平凡的世界》

《战争与和平》《鲁滨逊漂流记》等，感性因子猝不及防也调动了起来，情感泛滥，多愁善感，陷入书中的情节难以自拔。而我看的书也会作为语文写作的一种素材，记得有一次从图书馆借了小说《复活》，在周记上写了一篇读后感，没想到受到了老师的表扬和鼓舞，这愈发激发了我的读书热情。

张爱玲和三毛是我很喜欢的两位作家，高中的时候正式接触她们的作品。起初迷上张爱玲，我用了一个暑假的时间沦陷在她的文字里，意象中透出颓靡、孤独、苍凉、丑陋，她冷静得吓人，又像在黑暗中举着一把寒气逼人的刀，随时都能刺穿社会与人性的谎言。合上书本走出房间后，她的文字氛围依然欲罢还休，让我好长时间都没缓过神来。直到遇见三毛与荷西，年少的心事被她书中的热烈激情、异域风情瞬间击中，有一段时间也无心向学，寻思着是否要像三毛一样退学，去流浪，想象天马行空。我身在教室心在远方，结果成绩一落千丈，老师找来谈话才猛然醒了过来。

也因为经常宅在家里看书，让我变得愈发沉默。彼时也正值青春期，性情也越发执拗、乖戾、敏感，对周遭有很多看不惯。又仗着多读了几本书，也会时不时地发出世人皆醉我独醒的矫情的感慨。看书常常一看就是从早到晚，一抬头月亮从窗边爬了上来，也有一种岁月忽已晚的错觉。

当然，闲书也看了很多，比如青春读物、言情小说。上初中时，各派言情小说在同学间传阅，而当时的我也看了不少，情感的世界于我而言神秘又向往，也曾悄悄暗恋过某个男生。但还好，没有早恋，也没有成为不良少女，且自从上了初三以后，就自觉醒悟重新投入书本学习中，主动断了言情小说的阅读。现在想来也是万幸。

也算是摇摇晃晃地走过了我的童年与青春，在生命的初白中打下了一点精神的底子，岁月即便无声溜过也不觉了无痕迹。而每一本看过的书籍，不一定全部记得，但这过程中的喜悦有趣和美感体验都在我的体内默默种下了缘分。不仅仅是书中的内容，还有它呈现出来的画面以及带给我的感受，我想，都会化为一种独特的气味与记忆，久久萦绕在我的内心。

02

后来上大学，本选择了经管类的专业，却阴差阳错来到了中文系。幸运地与文字再次结缘。发现文学原来如此博大精深，第一次走进图书馆看到架子上古今中外浩如烟海的书籍，惊喜又迷茫。在中文系的课堂上，第一次听到文学原来有很多细流与分支，第一次听到国内的先锋文学、伤痕文学、海派文学等文学流派，还有欧美的意识流小说、荒诞派戏剧、魔幻现实主义等文学流派。第一次听到蒙太奇、冰山一角等创作手法，明白文学中的创作是有技巧的，而高深的作家总能游刃有余地擅用技巧，更懂得如何抒发真诚的内心，在节制与留白中把握分寸。

因为专业的缘故，因此在对书的选择上也有了更高的要求，讲究作品的质感与格调，我大学时基本上只读经久不衰且大多是已过世人的经典书籍。毕竟经典是经过时间的沉淀和历史大浪淘沙而来，有智慧的集锦和洞见，有对自我价值的探索，也有对人生的深刻体悟。经典始终富有人文内涵和旨趣的魅力。

照着学院下发的书单也一一看了好些。之前看过作家迟子建的采访，她说："保持朴素的情怀，对一个写作者有足够的警惕。"而这样的情怀，在她的文字中也有温暖的照见。无论是《额尔古纳河右岸》《群山之巅》还是《伪满洲国》，都有个体生命的孤独、人性的荒寒与卑微，也有那些斑驳现实中残酷的风暴，但都在她慧黠的观照下化为一束温情的光，直抵达内心深处，洁净而饱满。

也看陈忠实的《白鹿原》，荒诞的心灵与欲望裂变让人无法喘息。一直无法忘却命途多舛的田小娥，同情她无力掌控自己的命运，看时连同我的内心也一起绝望，对那个社会的绝望。也看似小家碧玉却坚韧温情的王安忆，写有灵魂的上海故事，写风情又硬气的上海女人，在一曲《长恨歌》里，听上海故事看上海女人，演绎一场别样的世情百态。看钱钟书的《围城》，一直记得那句"婚姻是一座围城，城外的人想进去，城里的人想出来"，一语道破人性的弱点，在世俗面前人人都是矮子，也不会有绝对的理想，只有理想的现实与现实的理想，就看你如何运用自己的弱点与现实达到和解，进入一种相对理想的状态。

第一次浩浩荡荡地看欧美文学。感受马尔克斯充满魔幻现实主义色彩的《百年孤独》，在马贡多人孤独中的循环与循环中的孤独中，和他一起追寻人类的生存奥秘与精神意识。法国作家普鲁斯特认为："作家是处在孤独状态中思索和写作的，作家与别人的交往等活动不是关键性材料。"也就在这样的孤独中，他身居斗室，与世隔绝，把全部精力与时间集中在回忆与写作上，写出了《追忆似水年华》。用如此宠溺孩子般的方式去宠溺自己的成长记忆，写出物我合一的艺术境界的作品，这样的作家怕也只有普鲁斯特了。

听菲茨杰拉德吟唱《了不起的盖茨比》"美国梦"破灭的哀歌，他既身在其中，参与"爵士乐时代"的纵情享乐，又超然于外，能冷静地去思考与参悟人生。但最终，同样有"美国梦"的他，也如他在作品中的预言般宣告幻灭。也沉陷在威廉·福克纳的"约克纳帕塔法世系"，心情随着《喧哗与骚动》中的美国南方一个世家的颓败以及各阶层人物命运的起伏沉浮而沉浮，也窥见了当时整个西方世界走向没落的荒原景象，亦正如《麦克白》的那句台词"人生如痴人说梦，充满着喧哗与骚动，却没有任何意义"。

我一直记得罗曼·罗兰小说《约翰·克利斯朵夫》中的那句话："人从出生到他变成成年的时候，被灌满了各种谎言，到了成年的第一件事是呕吐，把这些谎言吐出来，自己思考认识一个真实的世界。”也促使我学会独立思考，慢慢变得宽容，愿意去打破一些成长树立起来的固执的惯性思维，得以重塑自己的观念与生命，去更好地面对这个社会与人生。

虽然大学开启了我的文学之旅，但四年下来，在文学历史的烟云中，我依然是蜻蜓点水甚至未及沧海之一粟。有些作品晦涩难懂，同时萦绕着诸如生死、孤独、颓靡之类的重大命题，我像个无知笨拙的小孩，与之纠缠试图知其意，却也因着思维格局的限制，难以通透又被其牵扯。当再一次从书中抬头回到现实，也时常让我生出茫然的不真实感。

也许有些东西不一定要执着靠近，有时候隔着一段距离去观望，去思索，它的美会更加摄人心魄，恒远而绵长，而我只需在现世中低头、谦卑走路，就好。

03

自从大学毕业进入社会后，生活与工作几经兵荒马乱，内心的焦灼与浮躁此起彼伏，我的阅读量也因此骤减。尤其是在广州的那段日子，大部分时间都不属于我，平时上班也很难完整地看完一本书，即便是看也看得非常慢。那段时间也很少看深奥难懂的巨著，基本上以轻松又耐读的小说为主，诸如村上春树《挪威的森林》，卡勒德·胡赛尼《追风筝的人》《群山回唱》，希斯洛普《岛》，还有杜拉斯的《情人》，米兰·昆德拉的《生命不能承受之轻》等等，也会看一些散文随笔，诸如安妮宝贝的《月童度河》《得未曾有》《眠空》，雪小禅的《繁华不惊，银碗盛雪》以及张德芬的身心灵五部曲等畅销书系列。

虽然看得慢看得随意，但也依然为我缓解了好些情绪和焦躁的内心。在静谧的时光中，也能享受到在夜里与孤独做伴的感觉，看到文字跳跃、喜悦的姿态。而我也还保持着做读书笔记的习惯，我很少看电子书，因为我一直都喜欢触摸纸质书的质感，这会让我的内心变得平静。我会在书上做笔记，看到精彩的段落、词句会把它划下来，随后摘抄在本子上。如今有些文章用到的经典言论，也是以前所做下的积累。

这两个月回到中山，我有了更加从容的时间去看书。我基本上不把手机、平板带进卧室，以避开无关紧要的事情干扰，直到第二天起床，这让我得以专注其中。这两个月下来，我在上班之余坚持读完近十五本书，也做读书笔记。虽然进度依然缓慢，但这让我感到平静与安心。其间有轻松读物，如东野圭吾的《解忧杂货店》、杨绛的《我们仨》，也有稍微专业的文学类巨著，如木心的《文学回忆录》。接下来我会重新回到经典系列，也会涉猎更为广泛的书籍，诸如心理学、哲学、佛学等的阅读。

而我也一直认为读书能改变人，改变人的行为处事方式甚至性情修养。亦如亦舒在《花好月圆人长久》中说的：“读书目的是进修学问，拓阔胸襟。人生所有烦恼会不多不少永远追随，只不过学识涵养可以使一个人更加理智冷静地分析处理这些难题而已。”就好像我的外公，他年轻时很能干，但脾气也异常暴躁，常伤肝动气导致身体不是很好，人际关系上也让他吃了不少苦。幸运的是，外公后来在书中找到了自我救赎，也发展了一些兴趣爱好，他的性情也因此变得平和柔软了许多。

人生看似热闹而纷呈，其实每个人的人生都是孤独的，也会在尘世中历经无常、离合与悲欢，但也无须暗自伤怀，悲天悯人。我们可以在这孤独的旅行中，找到一些乐子。比如读书，美国学者哈罗德·布鲁姆认为：读书可以让一个人学会如何利用和品尝他的孤独。

读书会填补生命中的一些苍白与空洞，让一个人学会观照心灵，拥有内省气质，变得虚怀若谷，悲悯良善，从而返璞归真，生命获得大自在。

而我，也愿在这孤独中，做一世的偷欢者。

每个人都在用自己的方式生活着

01

曾看过一期杨澜对张艺谋的采访。节目中张艺谋谈起自己前几年被媒体铺天盖地报道的超生事件，他也曾因此陷入巨大的压力中。

而他最担心的是给家人带来困扰，尤其是年过八旬的母亲，他不想让母亲担心。所以当他的母亲问起他事情处理得怎样时，他也只是轻描淡写地说："没事没事，没有啥。"

但后来母亲还是知道了。

当时张艺谋把母亲从西安接到了北京。没想到一起吃午饭时，正在看的中央台就播了他超生的新闻。

他回忆起那时母子俩边吃饭边看新闻的情景："想关电视都来不及，只能特别尴尬地把新闻看完。对于我妈那代人来说，上了央视新闻，那就是中央、就是党发言了。新闻播得还挺长，底下还打着标题。我有点懵，想着怎么解释呢，老妈反倒怕我受惊，拍了拍我说：‘没事儿，没事儿’。”

母亲出人意料的平静以及对他的安慰，让张艺谋的心中五味杂陈，也让他颇为感动。

“没事”，是对彼此的无限心疼与怜惜，也饱含了一种深入骨髓的爱。

对你说“没事”，随后独自默默转身把一地鸡毛处理好。因为我不想让你担心。

对你说“没事”，是因为我懂你的难以启齿和不容易。同时你也要知道，不要有负担和压力，因为没有顺遂的人生。但一切都会慢慢变好。

总之，你要放心。

02

我想起了我的爸妈。

每次通话时，只有寥寥数语。无非就是“过得怎样”“好”“照顾好自己”，偶尔彼此分享一下开心的事情。他们告诉我的，总是好的。但其实，并非这样。

有一次打电话给我妈，我问我妈在忙什么？她说在熬中药，熬给我爸喝。我问她我爸怎么了。我妈只是说我爸上火流了点鼻血，熬点中药给他降降火。

可后来我才知道，原来当时我爸的鼻子在干重活时，被石头砸了一下，而后不停地流鼻血，止都止不住，还差点出现晕厥，随后送去了医院。虽然当时把血止住了，但接下来的七八天还是断断续续地流，之后才慢慢好起来。事后知道的我，想起那种危险又痛苦的现场感，心不自禁地揪了起来，泪水瞬间模糊了我的双眼。

我知道我妈的身体一直不太好，一遇风雨天气，手就抽风似的疼，腿也会有犯风湿的症状。

也因为她的手曾经受过伤。在我弟一岁那年，我妈骑自行车载着我弟去医院打预防针，在一个巷口的拐弯处，不小心连人带车摔到了水渠里，结果手受了很严重的伤，我弟则毫发无损。从那时起，我妈就落下了一些后遗症。但每一次打电话问起，二老都会刻意隐瞒道："没事，没事。"

想起于丹曾经回忆起自己的母亲。她的母亲因患阑尾炎住院了，刚从外地出差回来的于丹，得知消息后急忙赶到医院陪护。母亲担心于丹的工作和情绪会受到影响，于是想把于丹劝回去。母亲歉疚地对她说："对不起，明天是周一，你还要给学生上课。我今天晚上已经这样了，你一定要去上课。"

我没有跟你说，是因为我不想让你担心。而事已成定，也无大碍，也就没有再多此一举的必要了。

我自从离开家后，也习惯了把很多事情放在心里，遇到委屈和困难也不会告诉他们。他们知道的，都是我的好。但其实，我不说的，他们未必不懂。

三年前刚刚买房，我和木子先生的生活一度陷入紧张和拮据。每次妈妈问我钱够不够花，我都会说：“够，没事，我们很好。”

后来二老来我们这里住了一段时间，我的窘境在爸妈面前无所遁形。他们一来，我们的伙食也得到了改善。他们每天抢着做家务，帮我们买菜做饭，一下班回来就能吃到香气四溢的饭菜。但感到幸福之余，我又过意不去，因为我还没有能力为他们做点什么，因为我连自己的生活都难以自理。

他们回老家前，我妈还给我使劲塞钱。她说：“妈知道你的不容易。妈当年也是这样过来的。但凡事不要太心急，再怎么着也要吃好，把自己的身体照顾好。”

你的路他们也走过，其中的懵懂和艰难，他们又怎会不知道呢？当所有人都在关心你飞得高不高的时候，只有他们心疼你飞得累不累。

有一种感同身受叫，我明白你的不容易。

你没有说出口的，其实我都懂。

03

最近重温了美国作家卡勒德·胡赛尼写的小说《群山回唱》，依然感动得不能自已。小说讲述了一对出生在阿富汗沙德巴格的兄妹，十岁的男孩阿卜杜拉很疼爱三岁的妹妹帕丽，原以为可以一直这样下去。没想到的是，兄妹俩因为贫穷和战争，从此失散人间六十载，盼他日相见却遥遥无期。

他们的妈妈在生帕丽的时候死于大出血，父亲萨布尔是个卖苦力的老实人。父亲迫于生计，只好把女儿帕丽卖给有钱的瓦赫达提夫人。而阿卜杜拉舍不得妹妹，他对妹妹念念不忘，整天以泪洗面。

但帕丽被送走的时候才三岁，所以她并不记得这一切，她的年幼也保护了她免受日后思念之苦。她的记忆是从自己成长在一个富裕的家庭开始。

帕丽成长得很顺利，她接受着良好的教育，长大后到国外留学，并成了巴黎一位受人尊敬的大学教授。

可她不知道的是，世界上有一个角落，有一位叫阿卜杜拉的哥哥，他的生活颠沛流离，他终其一生都在寻找她。

阿卜杜拉甚至给自己的女儿也取名叫帕丽，他收集了各种颜色、形状的羽毛，只因妹妹帕丽喜欢，他梦想有朝一日重逢时，他要将这些送给她。

直到阿卜杜拉年老时，患上阿尔茨海默病失忆了，才终止了这一生的思念之苦。

但失忆前，阿卜杜拉留给妹妹一封信，信上写道："他们告诉我，我必然要走入水里，很快就将沉没。出发之前，我把它留在岸上，给你。我恳求你找到它，妹妹，所以你一定会知道，在我沉入水中时，心中想着什么。"

最终帕丽在一次机缘巧合中，知道世界上还有一位与自己血脉相通的手足至亲，那就是自己的亲哥哥阿卜杜拉。于是她辗转多国多地，终于找到了哥哥，兄妹俩重聚了。

世事一场大梦，人生几度秋凉。

但阿卜杜拉的记忆却永远地停留在了妹妹三岁以前，而非眼前的这位年过花甲的帕丽。

当帕丽拿起那个装了许多羽毛的旧铁皮盒子，看到上面有阿卜杜拉的笔迹"给我妹妹帕丽"，她的心情异常复杂，她心疼哥哥为此饱尝了一生苦痛的思念与煎熬。

她说："我不知道这羽毛意味着什么，也不知道它的故事，可我知道它的意思是，他想着我。这么多年来一直想着我。他记得我。"

虽然我们没有参与彼此生命的中间部分，我们也不知道对方后来的故事，但我懂深埋在彼此的人生记忆里，有我们最初共同的生命源头，有深入骨髓的手足至情，有终生不断的根脉。我懂一旦缺失了其中的一部分，我们的生命终将不完整，也注定了要终其一生去寻找。

04

曾看过一个温暖动人的爱情故事。

男人一年到头都在外面工作奔波，女人在家里照顾一家老小，他们常年分居两地。快过年了，男人终于要回家了，没想到却遇上了百年一遇的大雪，很多路段都封了，归家的车也无法通行。

男人心急，给女人打电话说："不知道什么时候才能回去。"

女人在电话那头安慰他："没事，安全第一。你先就近住下来，等雨雪停了再回家。"

那晚男人在汽车站待了一宿，看着外面的大雪纷纷扬扬下个不停，他焦急着，渴望回家的念头又更迫切了。于是他做出了徒步回家的决定，如果中途有车愿意载他他就上车。就这样，他冒着大雪，拖着行李箱，也不知走了多长时间，摔了多少跟头，终于，他回到了渴望已久的家。

在屋里关注着雨雪新闻的女人，突然听到一阵敲门声。当她打开门时，看到站在眼前的正是自己心心念念的丈夫，她惊讶得说不出话来。

男人一脸憨厚，咧开嘴笑："媳妇，我回来了。"女人呆愣地看着眼前的他，浑身上下沾满了雪，风霜写在脸上，脚上穿的鞋子也变了形，身旁放着行李箱还有大包小包，甚是狼狈，让人无比心疼。

而他看着眼前的女人，比以前更加瘦小了，脸上也有了些许的沧桑。他说："媳妇，你又瘦了。"

女人这才反应过来。她忙上前帮他拍打身上的雪，让他赶紧进屋暖着。她疑惑不解地问道："不是还在封路吗？你回来怎么不提前说一声？"

男人说："我走回来的。"

女人听到这话惊了一下："啊……"眼角突然就湿了，她嗔怪道："你傻啊！"

随后她赶紧进厨房给他做吃的，这个时候的女人比往常更加忙碌，她一会儿冲进浴室，看洗澡水热了没有，一会儿直奔卧室，把空调开得再暖一些。

他不顾大雪纷飞，连日连夜往家赶，其实就是，我想你了，想家了。"你瘦了""你傻啊"，其实就是，我心疼你了。

我知道这些年来，你操持这个家里里外外的不易；我知道这些年来，你在外面奔波挣钱养家的艰辛。

没有甜言蜜语，没有海誓山盟，却处处洋溢着暖暖的爱意。

朴素的只言片语，却胜过华丽的万语千言。最好的爱情莫过于，即便只有三言两语，彼此也能心领神会，心有灵犀，互相懂得与疼惜。

05

世间最美最温暖的情感，莫过于骨肉至亲，手足情深，以及一份携手到老的爱情。这也是我们的根，我们生命的真正归处，它是我们行走人世间最坚实的底气和力量。

也因为有了这份情感的力量，即便我们在面对不确定的未来时，也能够抵得住任何风雨飘摇，从混浊走向豁然开朗，感受到生命存在的意义。

情感的共通会产生一种神奇的心灵感应，也会让我们感受到类似信仰和默契的魅力。就好像，即便很多事情你没有说出口，但其实，我都懂。

离开和失去，是成长的最后一步台阶

前段时间回了趟老家，我还是住在以前我和奶奶一起住过的老屋。

尽管屋里原先的布局已变，旧式的床、桌椅也已被新的大床和家具取代。但身在其中，我还是会生出熟悉的影像，仿佛这里还是十多年前的样子。一进门就会看到靠墙的古木色梳妆桌和台镜，再往里走是一张方椅，靠床。椅子上坐着沧桑而慈爱的老人。

床的后面还有两个古朴厚重的箱子，那是奶奶当年出嫁时的嫁妆。上面浮有岁月的烟尘感，其中一个皮箱子上了锁，偶尔会见奶奶踉踉跄跄地绕过床檐，走过去开锁，随后又“砰”的一声合上，仿佛有什么秘密。另一个是铁箱，没有上锁，但已经生了锈，箱面有些坑坑洼洼，仿佛也随着岁月经历了世间的诸多颠簸。

小时候的我好奇心作祟，常常趁奶奶不注意捣鼓一番，总想往里瞧个究竟。被她发现，常常会呵斥我不要乱动……

鲜活往事悠悠如昨，一转眼，原来奶奶离开人世已七年。

如今我也不会常常想她。只是偶尔回忆起来，会有一点忧伤，但更多的是释怀。因为自从奶奶走后，我就觉得她真的在以另一种方式存在着，在我的生命中。从来没有离开过，虽然我未来的时光，她不再陪我一起走过。

我以前尤其喜欢黏着奶奶。年幼的我很爱哭，一离开奶奶的背，就仿佛没有了安全感。她心疼，于是常把我抱在怀里，或背在背上，“不哭哦，奶奶疼，奶奶疼”。即便是下地干农活，奶奶也会把我带在身边。长大点，她去串门，去赶集，去做什么，我也都跟在她的身后。奶奶笑着说我：“跟屁虫一个。”有一次回家发现她不在，我妈说奶奶坐车去姑妈家了，要小住一段时间。我哭得伤心欲绝，直嚷着要奶奶，我妈没法，只好帮我收拾几件衣服，送我坐车去姑妈家。

因为我出生三个月后，便由奶奶一手带大，那种亲密无间的情感早已融入骨髓。所以，我从不敢想象，要是有一天奶奶走了，我该怎么办。

我没注意到的是，奶奶的背却越来越驼，步履越来越蹒跚。从记事起，她走路已佝偻着背了，仿佛背负着一生沉重的岁月。后来听她说，在生产队干活时，才八十多斤的她被迫挑一百多斤的石头上山，结果不小心摔了一跤，被滚落在地的石头压到了腰身，因为没有钱医治，就这样拖着。

后来条件好转再去医院看时，却已经错过了最佳治疗时期。这也为她日后瘫痪十年、身体总是不由自主地颤抖埋下了病根。

奶奶对自己吝啬至极，从不舍得吃，不舍得花，但她却很舍得给我吃，为我花。小时候我不仅瘦，而且又挑食。奶奶会假装凶我：“这丫头瘦成精了，尽挑！谁看了谁都不爱。”但她依然会想办法做我爱吃的，早晨一碗蛋丝粥，或蛋炒饭、面汤，中晚餐会做喷香豆角、鲜美鱼汤、青菜炒肉片、蒸香气袭人的肉丸汤……变着花样来，还把我爱吃的菜往我碗里夹。

小时候每次看到卖肉丸汤的阿姨从门口路过时，奶奶都会叫住阿姨。“来一块钱肉丸汤。”随后，大老远就能听到奶奶唤我的声音：“吃不吃啊，有肉丸汤哦。”

有一次放学回来，奶奶站在房间门口挥手让我进去。随后她打开壁橱，拿出两颗棉花糖和一块饼干，她说：“就你吃，别说出去。”上大学了，有一次暑假回来，我走到她的房间门口，听到了她对母亲说：“这钱你拿去，买些米儿爱吃的，给她做好点。”到我要出发了，她会把我叫到她跟前。只见她颤抖着手，小心翼翼地掀开床上的凉席，凉席下有一堆一元、五元之类的散钱，还有一些百元钞，她说：“这些，都给你，奶奶用不上。”

在寒冷的大冬天，我手脚冰凉，奶奶会先捂热自己的手脚，随后细心地帮我暖手暖脚。夏天每晚临睡前，怕我睡时被蚊子叮，她都会起身先驱赶、拍打蚊子，随后放下蚊帐。熄灯后，窗外一片月明如水，澄澈的光影打在蚊帐上，奶奶还会讲故事给我听，教我念朗朗上口的歌谣，我在这样的夜晚甜甜进入梦乡。

奶奶对我日日夜夜的疼爱与妥帖，连同那份深入骨髓的情感，已浇铸成我生命中最初最稳妥的根。

我从未想过，有一天她会老去。我以为我还能和奶奶一起走很多路，去很多地方，却没想到有朝一日，走过大半生的她，再也走不远了，哪儿也都去不了。

我没想到有一天，奶奶也会走不稳路，就像我小时候学走路那样，一不小心就会摔倒在地。那一次奶奶在灶台边炒菜，炒好后她准备将盛好的菜放到八仙桌上，转身时，忽然整个人悬空倒在地上，菜盘子也碎了一地。那时我正蹲在一边玩珠子等吃的，听到一声巨响回头看到了这一幕……

后来，奶奶越来越走不动了，有一次走了稍微远一点的路，摔得膝盖鲜血直流后，就再也不敢走远。再之后，奶奶要拄着一根拐杖才能迈开步伐，而她的活动范围已从大天地渐至缩小到厨房、客厅、卧室。

最后因为一场高烧，彻底瘫痪在床，这一躺，就是十年。每天我们都会搀扶奶奶下床，就坐在床头边的椅子上。奶奶很瘦，我们给她的椅子上放了柔软的坐垫。偶尔坐累了，她会想要站起来走走。她不要我们扶，而是自己一手扶着床檐，一手拄着拐杖慢慢挪动僵硬而颤抖的身躯和步伐，非常吃力。来回最多只能走三米。

那场突如其来的高烧持续了三天，躺在床上的奶奶气息微弱，双目无神，她的嘴唇嗫嚅着，似乎有什么话想跟我们说，但又说不出来，只是无奈地看着我们。那时我以为奶奶要走了，我也终日沉浸在悲恸和泪水中。

我想起曾经她对我无微不至的关怀，而我却很少关心她，相反有时还会因为得不到满足跟她任性，闹小情绪。我想起不久前我还恶作剧，我在楼上晾衣服，看到楼下的她准备进房时，我故意把衣服上的水拧出来，凉凉的水直接落到她的身上，只因为觉得好玩……一切的一切，我还没来得及去弥补，去爱她，要是她突然走了，我想我会生悔、遗憾一生。

幸运的是，奶奶的烧终于退了，人也清醒了过来，也能开口说话了。那天晚上我把汤小心翼翼地端到她的床前，把她扶坐起来慢慢喂她喝，随后我们絮絮叨叨聊了一晚上。只是临睡前，她忽然叹了一口气：“哎，拖累你们，这日子该怎么过，真不如走了好。”

“奶奶，瘫痪了就瘫痪了，只要你还活着就好。我一定会好好照顾你。”我说。

但奶奶还是以为自己活不长了，也开始跟我们交代她的身后事。奶奶说床后面有两个大箱子，那个上锁的皮箱子有存折，还有结婚时的嫁妆，打下的银耳环、戒指、手镯，都在那里，钥匙她也放好在什么地方了。还有铁箱子里面的衣物和扇子，她说自己从没穿过，那是她留给自己去世后穿的，还嘱咐我们到时候记得帮她换上。

冬天时，姑妈买了一条新的毛绒被给她。待姑妈一走，她说：“米儿，我还是盖旧被，这新被子你和妹妹盖。”我不解。她说：“我随时都要走的人了，盖不了多久，免得到时扔了，可惜。”

奶奶以为自己随时会走，没想到这一躺就是十年。她瘫痪后，都是在房间里度过。那张旧式床，那张椅子和墙壁上的挂钟，那走动的时光，见证了她这十年日夜流过的岁月。

自从奶奶瘫痪后，我仿佛突然长成了一个大人，忽然间明白了很多。我开始像小时候她无微不至照顾我那样的去照顾她，且乐此不疲。因为我真的很珍惜她活着的时光。我无法接受奶奶哪天突如其来的离去，我也想让她陪我继续走很多路，哪怕她只能待在方寸之地，但知道有她在，我就心安，如同拥有了巨大的空间与能量，让我有勇气去面对未知的一切。

我第一次帮奶奶洗澡，在浴室打好热水，随后提到房间来。我极其自然，一点也不陌生，倒是她有一些迟疑，愧疚喃喃自语：“罪过，罪过……”然而又受宠若惊：“没想到米儿会帮我洗澡……”我笑着对她说：“奶奶，小时候你不也帮我洗澡吗？习惯了就好。”

她的指甲长了，我就让她静静地坐着，我帮她剪去长长了的指甲。我很喜欢奶奶的头发，她的白头发不多，直到去世，还是满头的乌发。长了，我会帮她剪头发，在她的脖子上系上旧衣服，剪她几十年都不变的齐耳短发。奶奶也很讲究，爱美，剪完后她要拿镜子照照，再用手摸摸发梢，没有剪好她还会叫我继续剪。每天她要梳好几次头发，还要用手抚平，再用夹子把一边的头发夹好。

奶奶的身子极其单薄、瘦小，冬天的时候极为怕冷。每晚睡觉前，我都会先把自己的手暖好，再到床尾帮她轻轻地搓脚，捂热，随后帮她穿好舒适的棉袜，再继续帮她暖手，就像小时候她对我那样。

奶奶因为长期瘫痪，身子会神经性震颤，她的手脚也已僵硬，脚踝严重变形，腿骨也常患风湿，我经常帮她的手脚和腰间擦药酒。有时候她躺在床上一个姿势久了，也要帮她慢慢翻身。

奶奶总说她拖累了我们，她经常自责、抱怨、失落，甚至产生绝望的念头。好在她终于慢慢接受了现实，心境逐渐变得平和。也因为她知道，我们是发自内心地想要她好。当一个人无法选择自己命运走向的时候，唯有放下与面对，才能做到回归，抵达灵魂深处真正的安宁。这无论是对身边人还是她自己，都是最大的安慰。

其实奶奶除了瘫痪，身体其他方面都很好，耳聪目明，思维异常清晰。而且她也有自己的小爱好，她很喜欢听音乐。我们给她配了一台小型收音机，每天都会给她播一些音乐，有时她也会哼唱起来。我说："奶奶你唱歌真好听。"她会接下去自豪地说起，她以前读书时，不仅学习成绩好，还是学校合唱团的。她还会唱小时候她唱过的歌，还有结婚时唱过的歌给我们听。她说，只要一听音乐，她就会忘掉所有的不快与不堪。音乐是她另一个美好的世界。

也正是在那片小天地里，我还知道了她记忆中所储藏着的大半生。

奶奶出生在地主家，念过书只是中途辍学了，也因为她是家中的老大，后面还有六七个弟弟妹妹要照顾。后来奶奶的几个弟妹也都很有出息，相继考上了好的大学，发展得都不错。她说起她的兄弟姐妹都是一脸自豪，也会嘱咐我道："你也要好好读书，长大了也像他们那样。"

奶奶也会指着相框上，她和爷爷的结婚照跟我讲起当年他们的故事。照片上的她小家碧玉，身着旗袍，身姿曼妙婀娜。年轻时的爷爷高大伟岸，英气逼人。她说起十九岁结婚那年，她坐着大花轿嫁到爷爷家，一路敲锣打鼓，吹拉弹唱，气派又风光。当年爷爷家也是钟鸣鼎食之家，据说爷爷的父亲在南洋做生意很有钱。只是后来爷爷的父亲在南洋去世，又逢乱世，战火纷飞，爷爷家从此家道中落。而四个子女的相继出生，也让生活变得更加窘迫。随后经历三年自然灾害，险些被饿死。奶奶这大半生一直在吃苦，岁月在她的人生中持续面露狰狞。

而今，晚年虽然只在方寸之地，但毕竟生命中有了难得的平静，比起颠簸厚重的往事，这样平和的时光又让她倍觉知足和珍贵。

风雨过后的生活于奶奶而言，仿佛是酝酿已久的山水风光，我看到她的眸子里有一抹柔和闪亮的光，还有历尽世事后淡然的心。

后来，我到外地求学，一年只能回两次。

我并不能像从前那样一直待在奶奶的身边，但当时的我也没有离别的惆怅，相反我对外面的世界和天地充满了向往。我初次离开那天，我很开心地在房间收拾行李。坐在一旁的奶奶却没有说话，只是静静地坐着。随后我听到断续抽泣的声音，抬头一看，她用干瘦的手使劲抹眼泪。

我忙走过去抱她，像安抚孩子那样摸摸她的头："别哭哦，奶奶。"没想到她哭得更甚。奶奶哽咽道："不习惯了，不习惯了……"随后又改口道："别管我，赶快收拾。"

我出发那天，还是要和奶奶说再见了。我拖着行李，走出门口又回头跟她打招呼。见她倚在身旁的桌子边，单薄而瘦弱，神情孤单，嘴唇在轻抿，眼睛一直往门口望，仿佛在渴望着什么。但她还是说："米儿，去吧。"

之后我们隔了千里远。留下的她却开始了日复一日的想念，牵挂与孤单。但奶奶很少打电话给我，而我也能从隐约中得知她的克制，她说怕我在忙。妈妈说："你奶奶啊，每天晚上都叫我翻新一天的日历，你才刚到学校呢，她就开始倒计时了……"

我从来没想过有一日她会离开，因为那对我来说实在太遥远了。但这并不意味着就会改变生命本身的轨迹，我们会面对生，同样会面对死。有一天，人还是会回到生命真正的归处。

活着与离开，又常常会以一种意想不到的方式在上演。就像奶奶之前，她以为人生会苦尽甘来。却不曾料到自己的暮年，她会以她认为最不堪的方式度过。而对于她的离开，我们也不曾想到，有一天她竟会突然不告而别。

那天，我因为准备期末考试，在图书馆自习时把手机关机了。当我回到宿舍再次开机时，看到爸爸打来几个未接电话，还有妹妹发来的短信。

她说："姐，奶奶身体好像不行了，你什么时候回去？"

我忽然有种不祥的预感，马上拨通爸爸的电话。爸爸说："奶奶脑溢血了，昏迷不醒……也许，就这几天了。"我说我不信，前天我还和她通过电话呢。是的，当时打电话时我还跟她说："奶奶，我给你织好了一条围巾，还买了一双棉鞋和毛绒手套。"她还说我浪费，没必要给她费钱……当天晚上我坐上回家乡的车。第一次觉得回家的路漫长而煎熬，一路眼泪止不住地流，和奶奶一起的点点滴滴满溢脑海。我怕她不等我，怕她不告而别，一路上我的恐惧随着彻骨的寒风在无限放大，一种预感自己即将失去生命之根的痛楚笼罩我的全身。

回到家我迫不及待地奔到她的床前，看到躺在床上的她呼吸微弱，双眼凹陷，身子干枯如柴，脸上黯淡发青，瘦成了一层皮包骨。似那摇曳风中殆尽的残烛，点点燃尽生命的气息。我难受至极，抱着奶奶哭喊，但她依然不省人事，不睁眼也不说一句话。

后来我慢慢平静了下来，帮奶奶盖好被子。我用毛巾帮她擦脸，在她干枯瘦削的脸上，抹一些雪花膏。我惊喜地发现，她竟然慢慢睁开眼睛了，还会眨眼，看看我，看看床顶，看看天花板。我很兴奋地和她说话，只是，她依然嘴唇紧闭。我打开手提电脑，给她放音乐。前几天通电话的时候，我们还聊起音乐。我说："奶奶，我下载了好些好听的音乐，还有好看的电影，等我放假回去，咱一起看。"她还很开心地说，盼了一整个学期，终于要把孙女给盼回来了。

十年前的高烧她醒过来了，而今她却去意已决。奶奶直到去世都没有说过一句话。

两天后的一个凌晨，我在睡梦中隐约听到粗喘的声音，我下意识地醒来，看到睡在一旁的奶奶嘴巴张得很大，她在大口大口地喘气，胸脯一起一伏。我赶紧扶起她，轻抚她的后背，试图帮她顺气，却无济于事。妹妹听到动静也从楼上下来，隔壁房间的爸爸也来了。我们三个就坐在奶奶的身边，看着她从急促的呼吸到慢慢减弱，停歇，看她的眼睛渐渐合上。一个小时后，奶奶停止了呼吸。

奶奶曾说过，她去世了要帮她换上新衣服。我记得。我情绪稳定后，去床后的铁箱子里拿出奶奶的衣服和扇子。那是一件旧式盘扣旗袍套装。我和妹妹帮她换上，再把扇子放在奶奶的手中。知道她要穿得体体面面去见爷爷。

小时候也见过邻居老人的离去。我曾跟奶奶打趣："奶奶，虽然我很爱你，但以后你要是去世了，我还是不敢睡你的房间哦。还有啊，我也会哭，会想你，但你千万不要因此突然出现在我面前。"奶奶只是笑："你放心，我不会来吓唬你的，我只会保佑我的孙女。"

但去世后的那两天，晚上爸爸在祠堂守夜，白天我和妹妹一直坐在她的身旁，感受她的身子从残存的余温到渐渐冰冷，直至彻底僵硬如干柴。这是最后守候她的时间。两天后奶奶被送去殡仪馆火化，我也跟车去。归途中，我坐在回家的车上，双手怀抱着奶奶的骨灰盒，温热的气息暖遍全身。我没有哭，也并不难过，相反内心有的是坦然和平静。我忽然觉得这样很好。

我想起拜伦那句话："回到我生前的虚无，再也没有生命和生活的哀伤。"活着，有时候是一场漫长的折磨和摧残。也许，对于奶奶来说，离开，是一种解脱，是另一种圆满。而她也以另一种方式在我心中存在，仿佛我走到哪里，她都会一直看着我，就像小时候那样宠溺地看着我。

而我也明白，人生从来就不会有真正的圆满，总会经历一些残缺和忧伤，无论是生命本身还是岁月给的厚重，更不会有人一直陪着你分享所有，走完全程。

难得的是那份对生命的懂得与放下。而人生最大的圆满，也无非是在有生之年，把握好时光，珍惜眼前人。

如今只要我回到老家，我就住在和奶奶住过的房间里，没有丁点害怕，有的反而是温暖和安心。

这些年，奶奶偶尔也会来到我的梦中，和我絮絮叨叨，拉家常。还是那个老屋，奶奶就坐在椅子上。梦中的奶奶很爱笑，笑起来很好看。

我知道她的意思是，我很好，你放心。

第四章

倾我所有去生活

无迹方知流光逝，有梦不觉人生寒。愿我们都能把每一个当下过得热气腾腾，在庸碌的生活中有所坚守和自持，从而走向一种饱满平衡的生命状态。

不要为了生存而忘了生活

最近在看姚任祥写的《传家：中国人的生活智慧》这套全书，书中描写了四时不同的光影风情以及活色生香的美食，配以精美绝伦的各种高清美图，一股浓浓的生活气息从纸页间飘来，书中的美食也不禁让我这个吃货看得口舌生津。心中沉睡已久的关于吃货的记忆，也一同浩浩荡荡一触即发，好几种无以名状的气味一时间汇聚在舌尖，又像突然落入凡间的小精灵，活跃又生趣。

我忽然对闫红说过的那句话有了感同身受的体会。她说："嗅觉比视听，将记忆保存得更笼统也更完整，好几次，在被某种气味弄得恍惚的时刻，我怀疑我的身体里有一个气味博物馆，所有的旧日的气味都在那里完好封存。"

有一句话是说："你的气质里，藏着你读过的书和爱过的人。"其实对于吃也是一样，萦绕你舌尖的气味里，也藏着你走过的光阴，还有那些陪你一起走过的人。但最可贵的莫过于凝固在心的那份温情与气味，那是岁月对你的慷慨馈赠，以至于可以沿着生命的轨迹交织延伸又深远绵长。

01

最初的味道来自于妈妈做的家常菜，平淡朴实看似无味实则又最有味。

《人间草木》中有关于“腌菜”的描写：“入秋，腌菜，这时青菜正肥。把青菜成担的买来，洗净，晾去水气，下缸。一层菜，一层盐，码实，即成。随吃随取，可以一直吃到第二年春天。”朴实的寥寥数语，亦让我从中嗅到了一丝妈妈昨天腌制咸菜的气味。当穿越千山万水回到那个小村落，我看到了在院子里忙活的她。

“妈，你在忙什么呢？”

“腌菜。”她忙着腌制手中的菜，头也没抬地回应我。

我看着簸箕上一担子的青菜，还有她身旁放着的瓮缸和装了半桶水的红桶，内心有些许失落。这腌菜估计又能吃好些时间了。

可那时的我特别挑食，不爱吃素菜，也不爱吃腌制的咸菜、萝卜干之类。最爱吃的是肉，一旦看到饭桌上没有肉，心情就仿佛跌到了谷底，快速扒完几口了事。

而为了吃上肉我也是挖空心思了。我知道妈妈每天都会起早去附近的集市卖菜，卖到快中午了就会挑着担子回来。于是只要我放假的时候，我就会在她没回来前，去她卖菜的地方找她。因为只要我去了她都会问我想吃什么，我会很兴奋地用手指向颜色鲜亮的肉类，有时候指向鱼，有时候指向鸡鸭，有时候指向酿豆腐，有时候指向肉丸子……

但有时候妈妈也会拒绝我，通常她拒绝我都是菜卖得不好的时候，那中午只能吃卖剩的菜。

“昨天才吃完鱼，今天还想吃？”她漫不经心地说着，眼角的余光却一直打量着左右，吆喝着过路的人前来买菜。

“你不是说多吃鱼人会变聪明吗？”我嘟囔着嘴不依不饶，有时候又以惯常的方式撒娇卖萌。

而当时只会闹情绪的我并不知道，那些年家中的收成并不好。

但不可否认，妈妈做饭的手艺是一流的。即便一道简单的菜，在她的掌勺下，也能变成一道色香味俱全的美味。但这也是多年以后的我才有的觉悟。

她会做很多美食，比如老鼠粄，煮好后白如凝脂，温软爽滑，入口松松软软浸入心田。她会买回豆腐、猪肉还有一些佐料做酿豆腐。我就站在一旁看着她做。她把豆腐对角切开，把猪肉剁成肉末，与其他佐料搅拌到一起，并放一些调料做成肉馅。随后把肉馅装进豆腐的一小口里，我想象着做好后可以大快朵颐的情景，便已垂涎欲滴了。我也很爱吃她做的盐焗鸡和卤鸭，色泽微黄，皮脆爽口，油而不腻，光闻着那股香味就已足够诱人。还有她煲的各种式样鲜美的汤，有肉丸汤、猪肉汤、骨头萝卜汤，等等。

而她也总是把好吃的给我们吃。每次吃鱼时，她都把鱼头夹到自己的碗里，她总说鱼头好吃，还指着她碗边的鱼骨头说：“看，我吐出的骨头比你们还多，吃的肉自然比你们多啦。”似乎没有她不爱吃的东西，所以我们会把不喜欢吃的比如不小心夹到碗里的肥肉，都夹给她吃。每次夹的时候，我们也很有默契，当我用筷子夹起肥肉准备放到她碗里时，在我这个动作还没完成之前，她就把碗往我这边凑过来了。

直到后来，看到一篇关于鱼肉与鱼头的文章，才知道，原来她所谓的爱吃鱼头不过是出于一种对我们发自内心的爱，也是出于她的一种善意的谎言。

春有百花秋有月，门外鸡犬相鸣，光阴看似静止不变，定格在同一个地方。直到有一天，才发觉，自己转身离家多时。有时候人在外头待久了，午夜一声梦令的召回，偶尔一念想起，原来曾经熟知的味道已经深入骨髓，却又随着流年渐行渐远，仿佛难以触摸。

前几个月回家住了一段时间，本想露两手，可她愣是不让我下厨。她不留情面地黑我：“你做的没我做的好吃，就别浪费食材了。”之后她又好心补充道：“难得吃上阿妈做的饭，你就好好享受吧。”现在每次回一趟家，临出门前，她都会大动干戈准备好各种食物，肉丸、盐焗鸡、卤鸭，等等，细致而妥帖，随后让我带出去。

无论看过多少风景，吃过多少美食，都不及老家中那泛着古旧气息的桌面上，妈妈做的一桌菜，那散发着淡淡乡土清香的家常菜蔬。愈平凡愈可贵，愈熟悉愈真挚，想来这也会是一生中都化不开驱不散的味道了。

02

后来我独自一人到外地上大学。时隔几年，回想起大学期间的种种，最温暖的记忆还是跟吃的有关。而在这吃的过程中，也有使不完的玩味心态，生发出无穷的趣味来。

这里也藏着我们热烈而奔腾的青春。前几天还和室友在群里讨论着吃的，嚷着怀念以前大伙一起吃过的美食。当时我们几个人中厨艺最好的当属温柔踏实的妃了。妃每隔一段时间会出去买食材，变着花样做。她为我们做过牛肉萝卜汤、淮山骨头汤，也做过绿豆糖水等。洁儿的厨艺也不错，吃过她做的可乐鸡翅，还有乌鸡汤。还有俏皮可爱的叶子，别看她平时不怎么做饭，但关键时刻她还是能露两手的，比如我生病的时候。有一次我感冒发烧躺在床上，她端着一碗温热的粥，放在我的桌面上：“草莓，你好些了吗？我熬了一碗小米粥，好些了就下来吃哦。”那一次被她难得的温柔感动极了，要知道平日里的她可都是迷糊、俏皮又可爱的小女生来着。

我们通常是一人做好了，各自拿上自己的饭盒过来盛，随后边吃边聊边八卦，随后肆意欢笑。

不仅仅是我们宿舍。我们中文系的女生多，每间宿舍也都挨得很近。那时候还没有微信，我们用的都是QQ和飞信。有时候班里有通知了直接群发一条飞信，当然也包括吃喝玩乐。最欢喜的莫过于这种信息："姐妹们，带上你们的饭盒速来×××宿舍。"每次收到这样的信息时，最先以高分贝女高音在走廊上炸开的是隔壁宿舍的飘，随即我们纷纷拿起饭盒立刻行动，蹿到其他宿舍去。未到宿舍，人的声音已经传来："来啦，来啦！别把我那份给抢了哈。"随后窄小的宿舍里挤了满满一屋子女生，叽叽喳喳，有说有笑，和着这样怡人舒坦的氛围，吃完满口噙香，实则情谊在心，小确幸其实如此简单。

但当时学校是禁止我们使用电饭煲、电磁炉之类器具的，原因是害怕发生危险。所以每当宿舍大检时，我们都想尽办法窝藏锅具，藏衣柜，藏桌底。当看似一本正经的师兄师姐（之所以说他们一本正经，是因为他们宿舍也藏着这些锅具）检查后，我们又重新开启新一轮的"战斗"。

大学期间也加入了一个社团，在里面结识了不少友人，发现吃货的影子到处都是，男生们也是如此，用时下流行的"暖男"这个词，也是贴合他们的。最喜欢关于吃的电话打过来："汤做好了，楼下，你们几个女生下来吃吧。""哇……好啊好啊。"

挂掉电话，立马快速跑下楼去。

社团一行友人会定期组织集体外出烧烤。我们学校附近有一个俨然世外桃源的五 A 级景区，那里空气清新怡人，有清澈浅蓝天然形成的火山湖。我们会提前约好，租好自行车，然后带上锅碗瓢盆和食材踩着单车前往。到了烧烤目的地，搭好烧烤的炉子，把铁网放上去，点着木炭开始把食物往铁网上放。我们在这样的烟雾缭绕中过足了吃货的瘾，互相打趣，拍照卖萌。

也曾到后花园中一起做饭，随后一群人就着夜色围坐一起聊天到深夜。现在回头看似乎有一种过家家的感觉。但想起那些无忧无虑的日子，那段只需躺在草坪上仰望天上的群星，听耳边掠过的风声，听湖中蛙鸣四起，便仿佛拥有了全世界。

随性、热烈而奔放，这或许就是属于我们那段岁月独有的气味儿，有阳光般的熨帖和温暖。那个时候的我们很简单，简单到只需用一份美食轻轻地撩一下胃，情谊和快乐就会随着升起的烟火热气腾腾起来。即便知道有一天青春会散场，但只要想起曾经有过暖融融的温情记忆，便也觉得这一程不虚此行。

03

真正开始感到有心理落差的是在大三的暑假，我去广州工作的时候。那时一个人租房，一个人上下班，一个人吃饭。每天早出晚归，几乎每一顿饭都在外面的餐馆解决。也因为我当时做的工作是需要整天都在外面跑的销售，回到宿舍时基本上都是深夜十一点了。即便有想做饭的愿望，那样的时间也终究是奢望。周围的环境高声喧哗，行人步履匆匆，即使身在城市也愣是生不出温情，连孤独也显得格格不入。

刚入职场，里面的一切于我而言都是陌生的，做不好的时候挨骂也是家常便饭，经常感到身心疲惫。也被自己恐吓过。有一次在回去的公车上睡着了，醒来时发现车已经过了两个站。当时已快深夜十一点了，内心惶恐至极，一下车就拼了命地往回跑。也因为那个地方比较偏，公路两边基本上都是器材店，关门时间也比较早。直到安全跑回到住处的附近时，看到人气兴旺灯火通明的大排档，看到路上还有行人在走，内心才渐渐安定了下来。

人在内心黯淡无光的时候，有时候只需夹缝中透出的一束光，心中的温情也会不自觉地放大。幸运的是我的隔壁宿舍住着两位校友师姐，她们那会儿刚毕业出来工作。在这个陌生的地域里，她们就像是我的定心丸，让我在冰冷的城市里感受到了一种熟悉的亲切感和安定。

每当我拖着疲惫的身体回到住处时，隔壁宿舍的师姐就会喊我一声："师妹，你这么晚才下班啊。"最让我感到舒心的是，尽管每天都回来晚了，但也能经常吃到师姐留给我喝的各种汤。

"师妹，我煲了汤，给你留了一份哦。"我放下包包换好鞋子，就会去师姐的宿舍。“嗨，师姐，我来啦。”看到她们我会不自觉地放松下来。白天里的疲惫与挫败，也就在这一碗汤中渐渐稀释，那伪装冷酷的内心也渐渐卸下外壳，舒展了开来，内心的温度也渐渐回升。

而真正让人唇齿留香的，是这份汤所传递而来的温暖和力量。夜晚天降睡神，像揣着一份信仰那样，即便这座城市不够温暖，我依然可以睡个安稳的觉，梦里也有温柔的世界。

04

我是在成家后才开始爱上厨房的。一开始只会做最简单的，后来也渐渐自学了不少菜式。网络视频是我最好的老师，边看网络视频边按着上面的步骤来做，就着初日的光线，在这方寸之地慢慢磨出想要的滋味来。

有时候我和木子先生一人打下手，洗菜，切肉，另一人炒菜，在锅碗瓢盆的翻炒碰撞中荡漾着烟火的回音。这也是一种身与物彼此适得其会的过程，我们一起品尝着时光的味道。细心去体味那冒着热气的菜肴，会让人发觉，原来生活值得热爱。而厨房的每一个角落，也都流动着生命的能量与气味，它会让人卸下身份与疲惫，回归自我，接了烟火气之后，看到最真实的自己。

原本有着不一样的生活方式和饮食习惯的两个人，也会随着新鲜气味的融入与融合越走越近。比如我以前没有吃饺子的习惯，但婆婆和他都喜欢吃，在他们的带动下，我也开始学着包饺子，去超市买饺子皮，自己买肉和佐料回来做成肉馅，随后把肉馅裹在饺子皮里，待水烧开，遂把包好的饺子直接入锅。煮熟后的饺子爽滑入口，温热的气息在舌尖上萦绕。现在自己包饺子也驾轻就熟，做饭也不觉得是什么难事，也能在厨房中深得其趣。那一刻也才真正懂得，平淡的生活中处处可见小幸福，日子也在这样的一箪一食中变得平实而温润。

但偶尔还是会想起妈妈做的饭。有一次我想吃家乡的酿豆腐，于是我打开网络视频学做酿豆腐，但做好后吃着还是吃不出小时候妈妈做的那种味道。

以前吃过的很多食物，那些味道似乎也随着光阴的脚步淡忘了。但仔细想来其实没有忘记，它只是在与你流转在不同的时空中时，贴在心底沉睡了。当再一次触碰到那个点时，那些影像的气味就会被唤醒并延展开来，放大在你的面前，立体而丰富又或某一瞬间让人心生酸涩。

《舌尖上的中国》有一句解说词："总有一种味道，以其独有的方式，每天三次，在舌尖上提醒着我们，认清明天的方向，不忘昨日的来处。"舌尖上的世界总是温柔的，有关舌尖的记忆也是温情而独特的。它也会如信仰般提醒你，未来不用惧怕。因为总有一种味道，会写进你的生命故事里，并与生命中的那些温暖，不期而遇。

选择你喜欢的，爱你选择的

我还是喜欢这样的生活，日子平常如细水般舒缓而过，能听得到岁月穿行时含着生命律动的节奏感。在清晨苏醒的间隙，看窗边的帘幕随晨风轻轻漾起，有一层澄澈的光影和清寂在晃动，如同可以拥有诸多美好的期待，又能轻轻地放下很多。

自从离开广州回到这座城市，我的内心渐渐打开，眼前的世界也逐渐变得清澈有光。我一直都喜欢安静，对太过吵嚷、喧嚣的环境与人事始终有一种说不清的距离。因此回到这里也正是我所希冀的。

如今步伐不慌不忙，身心在这里也得到了安顿。也更因为我爱的人和爱我的人都在我身边，还有期待的事儿，在慢慢向我们走来。

01

其实离开广州，起初并非在我们的计划之内。在做出换城市生活决定的前几个月，我们还想过要不要卖掉这边的房子，再凑够广州买房的首付。前段时间中介也已经帮我们联系好买家，房价也定下来了，就差签合同了。但当这一刻真的到来时，我们却踟蹰不定，不知如何做决定。

随后我们重新清零之前的想法，进行思考和斟酌，最终做出不卖的选择，还决定在接下来的几天之内离开广州，回到这座城市居住。

卖房也意味着我们要重新买，但这个过程并非那么轻松。以我们目前的情况，在市中心买房是不可能的，即便是选在广州稍偏一点的地方，也不一定能买到很好的房子。而且不仅首付高昂，每个月还要背负着沉重的房贷，生活也许会重新陷入新的困境和负荷，甚至因为被房贷捆绑而不得不放弃很多东西。这对我们的生活和发展未必是好。

人的欲求永无止境，很多时候，人的焦虑与痛苦，往往源自于一种盲目的攀比和急功近利，源自于欲望太满无法求得却又难以放下，以及对自己缺乏一个清晰的认知。

不是说我们不要去奋斗，但我们更要基于自己的实际现状去行动，不是不顾后果提前透支自己和未来，让生活陷入新一轮的深渊。

人要想走得更远，必须先把眼前的事情安排妥当，方能目向星辰走得更顺畅。

更为重要的是，我们有了突如其来的小惊喜，那悄悄生长的小生命，让我们不得不重新审视眼前的生活和内心需求。

扪心自问，其实我并不喜欢快节奏又雾霾漫天的广州，那浮躁与喧嚣的氛围，严重拥挤的人流与交通等，都会时不时地让我的内心产生一种排斥和距离感。我也曾多次有过离开广州的想法，只是缺乏勇气，就为着一些所谓的发展、资源、教育等客观因素，生怕离开了会错失很多。而我也一直认为年轻且没有太多束缚的时候，应该留在一线城市奋斗，甚至可以牺牲个人的生活需求和享受去换取物质。因此，很多时候会忽略自己的真实想法，压抑内心的需求。

直到小生命的悄悄到来。我忽然升起了一种强烈的渴望，我想慢下来了，去听一听时间走动的声音，去等一等内心的灵魂。我渴望朴实的安顿、悠缓有质感的生活方式，渴望一些生活中更为实质的内容。我渴望多一些赏玩的心态，去观照身边的生灵和小事物，体悟生命中静水流深的真意和妙趣，以拥有简单温润的幸福感。

对于我们的小生命，我们也曾固执地认为留在一线城市对孩子的成长和教育是最好的，毕竟它拥有最前端的视野和优质的教育资源。这也是我们之前会考虑定居广州的原因，但其实未必。

一线城市稀少的绿化，灰色的天空，密集的钢筋混凝土，因扩建导致的高分贝噪音以及浮躁的气息等糟糕的环境，我并不认为对孩子就是好的，相反，孩子会很难拥有一个丰富活跃的绿色童年，缺失一些成长中的美好体验。

真正想让孩子有更好的成长，不是不切实际地去报名目繁多的培训班，不是去挤破头脑地拥有学区房，不是整个家庭都过得拧巴和焦虑，比这更为重要的，是以一种舒坦的姿态把这个家经营得稳妥而舒心，让孩子生活在宽容与富足的空间里。这种富足并非以物质多寡来衡量，而是一种自由、温暖的氛围，是一种丰盈和深意的爱。

所以，是时候了。

以前会患得患失，面对不喜欢的事物也会缺乏选择的勇气，仿佛一旦选择了就会失去很多东西。但其实，当真正放下重新面对时，反而拥有了一种平静与解脱，心念中竟有了一种大自在。

刚好木子先生的工作有所变动，所以我们很快就搬离了广州，回到了宜居、节奏悠缓、不拥堵的城市——中山城。虽然是客居他乡，但毕竟回到了自己的小家，回到了我们在四年前停留这座城市时一起建设的小家。当我们疲惫不堪的时候，当我们厌倦了世俗的喧嚣时，我们可以回到自己舒心的小窝，然后万虑皆忘，身心俱定。

人生有很多种活法，选择一座城市意味着选择一种生活方式。

无论何种选择、何种追求都没有错，关键在于我们要拥有选择的勇气与力量，敢于遵循内心的声音，敢于活出自己，才能让内心真正的饱满与愉悦。

02

重新回到这里，我们花了好些天来打扫房子的角角落落，也计划着再进行一下软装，想把这个小家布置得温馨舒适一些。家里的阳台上，每天清晨都能看到轻柔的阳光漫溢进来，世间万物仿佛在这样的澄澈中，得到妥帖与安放，有一种说不出的舒心。我喜欢这样的慢时光。

小区附近有很多小而美的店铺，生活设施也很全面，又不乏文艺气息，每隔几步路会看到古筝、吉他、书法、其他乐器或教育类的培训班。狭长而宽敞的广场长廊上，有些许健身器材可供市民健身。我下班路过时都会停下来健身，清空自己的思绪，舒缓身心。也看两边路过的神情悠闲的行人，看天边的云霞，直到天色渐晚。晚上这里是一天之中最为热闹的，朗月长空下的长廊上伫立着街灯十余盏，市民陆陆续续都来了，有的在伴随着音乐挥洒舞姿，还有的弹奏乐器、一展歌喉，而这又以老年人居多。但也不会给附近的居民太大的打扰，因长廊隔着住户、小区还有好一段距离。

我很喜欢去附近的港城，十五分钟左右的行程，就可见一览无余宽敞的地段空间,空气干净而清冽,抬头可见一望无垠的蓝空。这里有公园大湖、展览场、大型商超、小区，道路干净、人流稀少，周围都是大片繁多的树木，影影幢幢绿意盎然，充满自然和生命的喜意。周末我一般都会和家人一起去转悠，坐在一边的休闲长椅上，能听得见风吹起树叶盘旋飞舞在空中，随后又轻盈落在大地的声音。也会去一些之前没有去过的地方，去再远一点的临海江边，看滔滔江海听呼啸风声。

我不再需要于步履匆匆的人群和拥挤不堪的车辆中穿梭，取而代之的是绿色的阳光和悠缓的步伐，我感到前所未有的放松，仿佛生命的能量重新回来了，愉悦自在地在体内流动。

所谓的静好时光，莫过于得以拥抱那在人间烟火与一己清欢中升起的柔软和暖意，然后世间沧海桑田仿佛也要遗忘千年。

这座城市也生出了好多变化，两年前还正在动工扩建的大桥如今已经建成通车，车流畅通无阻。我家屋后当时正准备建一座大型商超，而今回来也已经建成，好些商铺已经入驻，还有大型的健身馆和电影院。

我既喜欢虚度光阴，把时间用来充实自己的生命体验，也爱珍惜时间，舍不得让它流失在无谓的事情上面。

以前在广州上班的时候，我每天上下班都是早出晚归，在路上至少要耗费三个小时，不加班的情况下，到家最快也近九点了，常常筋疲力尽还吃不上自己做的晚饭。想要真正做点自己喜欢做的事情，通常都是要熬夜才能完成。

而今，因为上班的地方就在家附近，下班回到家也能马上吃到家人做的饭，因此我有了更加从容的时间，得以去做自己喜欢的事情。我会进入卧室，关上房门拧亮台灯，进入看书、写字的状态。一般这个时候也不为人打扰，而我的手机、平板电脑通常也不会带入房间，直到第二天起床。

这不再让我流连刷屏那些碎片资讯的消遣时光，而省下的时间也可以用来看一些书籍，这让我拥有了一段极为静谧又自得其乐的时光，也享受到了一种自律与专注的快乐。看书于我而言，也真的是一件很享受又不计成本的事情，既能在辽阔高远中看到气象万千，又能在枯木逢春中感悟岁时变换，既能气定神闲静通万物，又能明心见性获得大自在。

我也不再熬夜，每晚在十一点前我都会进入睡眠。而这带来的好处便是早起，通常早晨六点左右我就会自然醒，随后拾起床头书看一小时左右，安排好一日之事。

生活中没有那么多的资讯要看，也没有那么多的繁华世俗要驻足，更没有那么多的放不下。生活需要删繁就简，内在空间和欲念要定时清减。

我喜欢这样的寻常与质朴，简单与清宁中透着静远和润的意味。我不再匆匆赶路，只想在晨钟暮鼓间，好好追随光阴移动的脚步。我只想好好下一次厨，好好浇一盆花，打扫一下房间，好好享受做一件事情的乐趣，去感知身边有生命力的一切，与真实的自己在一起。

当然我也不后悔在广州停留过,因为一切经历都是有价值的，一切体验都是在丰富我的生命，也让我更加明白，自己真正需要的是什么，然后去获取拥有掌控生活的力量与选择的能力。

03

回到这里之后，我也认识了一些有趣的灵魂，我重新建立自己新的圈子，并融入进去。中山的文化气息还算比较浓郁，有文化类的座谈会，有文友相约我一般都会去参与，毕竟那也是我的兴趣所在。我一直都想在业余学一门乐器，只是之前一直缺乏时间与契机，没有付诸行动。

最近因为工作关系认识了教扬琴的女孩璐子。人与人之间的相识也是有气场的，璐子青春阳光，喜欢笑，可爱小清新中又不乏温柔文艺的气质。初次见她我便没有那种陌生感，聊起天来也像是相识多年的老友。之后还发现我们是同龄人，也有共同话题以及生活方面的爱好。聊起美食，她会很兴奋地说最近又研究了哪几道菜，什么时候去她家，她亲自下厨做饭。我被她的纯真和热情感染了，我喜欢这种愉快又舒心的交友方式。

也因为璐子，我得以接触扬琴。第一次听到璐子弹的扬琴曲子就深深吸引了我，音质美妙悠扬，神情专注，让人不自觉沉醉其中。

我问璐子：“学这样一首歌大概要多长时间？”她说：“单学歌倒是不难，但要弹出韵味和感觉来，就需要时间的熏陶了。”后来我才知道，璐子在八岁的时候，就已经开始学了，之后一路升学都是以艺术类为主，考入厦门大学并保送研究生，其间也曾参加过很多大赛。

璐子说她很享受弹琴的时光，沉静其中会感受到一种平和，也因此不容易被纷繁复杂的琐碎、情绪所牵绊，可以去拥抱这个世界的美好。

我听璐子弹过好多首曲子，有时候她给别人上课我也会去旁听。璐子指尖琴竹敲击下发出的音律从容而通透，但那纯熟的技艺背后，想必都是不为人知的漫长的孤独与默默坚守的时光吧。但也因此，我相信她的生命会在这忘我的过程中变得愈发明亮和纯真。

其实璐子来中山还不到一年，但自从来到这边，她便爱上了这座城市。如今她在这边的培训机构教学扬琴和非洲鼓，还开办了艺术社团。她说待时机成熟时，想要自己开一个工作室。

我跟璐子说我也想学，现在还来得及吗？她说当然来得及，你可以一起来学，我教你。于是，我第一次笨拙地坐在了扬琴面前，璐子教我正确的坐姿、手要如何握琴竹，她教我学习乐理等最基本的知识。虽然只有七个音符，但这七个音符，我重复练习了一个多小时，依然不熟练。

我说：“璐子，真佩服你，我才练了一个多小时就感觉时间好漫长了啊。”

璐子说：“在艺术的世界里是急不来的，慢慢来，心要缓，这也是一种修行，你才会在这过程中感受到一种快乐，生命的灵魂也会变得轻柔而有韧劲的。”

是啊，生活中的我们往往顾着赶路，过于看重结果，反而忽略了过程中那些美好而有趣的体验。唯有当我们回归到生命的细微处时，精神才会具备一种气质与风骨，方能感受到一种开阔与静气的美。

也会发现，其实那些真正过得好的人，他们的物质条件不一定特别丰饶，但他们的内心一定是充盈并清晰地知道自己想要什么的生活。他们不随波逐流，不卑不亢，也无需与他人比较，人生的每一寸时光也因为这份热爱，变得充实而有意义。

04

我在这座城市慢慢回归轨道，重新找回属于自己的内在节奏。但并非这样就皆大欢喜，我依然保留了些许慌张，些许茫然，依然需要在生活中继续打磨与沉潜。

一生太长，我也不确定自己会不会一直停留在某个地方，也不知道自己会走向何处。但我会在这过程中好好成长，逐渐放下执念，慢慢变得宽容与柔和。

我承认现实生活的局限，也接纳不完美的自己，不完美的过去，以及不完美的未来。无论在哪一方天地，我都会努力踮起脚尖，试图望见云深日长山高水阔，我能做的是向自己的内心越来越靠近，因为我不想辜负生命本身对自我的托付。

我们需要在这波澜起伏的人生中，秉持虔诚与敬意，保持思绪的清醒与世俗的距离，需要不断去精进自己的生命和内心的境界。这也会是人生走向轻松的第一步。

无迹方知流光逝，有梦不觉人生寒。愿我们都能把每一个当下过得热气腾腾，在庸碌的生活中有所坚守和自持，从而走向一种饱满平衡的生命状态。

愿你把握命运，愿生活不畏彷徨

那天清晨，我从自己的笑声中醒来。迷迷糊糊中听到木子先生唤我的声音："咦，老婆，你在笑什么？做梦梦到什么好笑的？"我于睡眼惺忪中睁开双眼，从朦胧的梦境回到真实有日光的世界。我的思绪逐渐清醒，也感觉到了自己嘴角泛起的笑意。

忘记做了什么梦，但我想，这会是快乐的一天。

妈妈过来小住几天，晚饭后，我和她一起坐在阳台上乘凉聊天。她问我："怀孕后有没有感到很多不适？"

"没有，我觉得这是一件很幸福的事情。"是的，这不是我要对她所说的善意谎言，而是发自内心的安然和感受。

也不是说没有身体上的累或不适，比如也出现过怀孕早期的孕吐、胃口不佳，中期也有好几次的牙疼、腿抽筋，到如今晚期的常起夜和翻身困难等。但这些并未给我带来太多的情绪困扰，也都是非常微渺且完全可以克服的。

因为在小生命的面前，喜悦和新奇早已盖过了眼前的些许不适，而在这过程中，我也更加懂得如何给自己放松，如何调整自我的内心及情绪。也更因为我想要以好的状态去迎接小生命的到来。

但我也并非一开始就拥有这种状态，或很快就进入到了这种角色。记得刚开始怀孕时，我也不确信自己是否真的做好了准备，对自我也是持着怀疑的态度。在一次午夜醒来，望着昏暗的天花板，一种巨大的孤独与无助突然袭来，随后我开始翻来覆去陷入失眠。

我害怕因为有了孩子丢失了自己，我想起自己还有很多事情想做，但越往后仿佛会越无能为力。因为这个小生命，我必须对她负责，我要匀出很多时间和精力去陪伴，要努力去做一个世俗意义上的好妈妈。我期待惊喜的呈现，但同样，内心忧虑、畏惧，不能更好地做自己。从某种程度上来说，我想我是更爱我自己。

而睡梦中的木子先生也仿佛隐约感觉到了我的情绪，他醒来后，问我怎么不睡。我于是跟他说起了我的隐忧。他说：“其实，没有必要患得患失。每个阶段都有不同的风景。就好像坐飞机时，飞机起飞前在跑道上运行一小段路程，待积蓄足够的能量腾空起飞，地面上的景物渐渐聚集浓缩成斑斓沧海，随后进入到高空中的平流层，会看到纯净湛蓝的万里晴空，蓝空上点缀着形状各异的白云朵朵，待飞机快要抵达目的地降落时，也会欣喜地发现，大地在慢慢呈现它独特的风貌且逐渐清晰。同样都是风景，只是有所不同而已，但这趟旅程经历下来，不一样都挺美吗？”

我惊讶于他说出的这番话，很快的，我的内心也慢慢被打开了一些。生活中的很多方面，他的确要比我明智理性得多。

而今我也越来越明白，生命的这场征程，本质上就是一场体验和修行，经历的不同，其实也是为了丰富我们的人生。我们也不必什么都想要，什么都放不下。患得患失，只会让自己前行的脚步更加沉重。

佛家言：“色如聚沫，痛如浮泡，皆悉空寂，无有真正。”人之一生兜兜转转，我们纠结、挣扎、痛苦，欲念过盛，到头来却发现，这不过是一场徒劳无功的执念。人终究要在这趟旅行中学会放下，学会迷途知返往回收，在阶段性的延续中找到属于自己的人生节奏与内容。

学会用慧眼看到不同的风景以治愈自己，也是人生修行的目的和必修课。虽然不一定人人都能做到像顾城所说的“人可生如蚁而美如神”，但至少可以努力去接近，去用心走好人生的每一步路。

曾经做过很多天花乱坠的梦,但在得知小家伙到来的那一刻，我仿佛瞬间坠落在地。但好在我没有纠结太久。时间有限，有些念头和行为不宜此起彼伏，所以在排除思绪上短暂的不适之后，我很快便平静了下来，进入了这个阶段的正式轨道。

如今我进入了四平八稳的生活，但也没什么不好，我也不期望自己去改变，因为我现在就需要这样的生活。而我也依然保持着警惕和清醒，每天不忘阅读、学习与思考。因为要在这动荡不安的世界中举重若轻并非一件易事，但至少，可以慢慢习得如何安顿好自我内心世界的能力，去渐渐拥有安宁与静定的力量。

庆幸小生命对昔日习惯了匆促、执拗的我的挽留，让我的内心渐渐住进了平和与柔软。

如今每一天都过得很慢，身心也在这慢中有了一种仪式感。清晨，起身后会拉开窗帘，看阳光从窗外慢慢爬进来，随后把自己好好拾掇一番，外出散步，看晨起的人们在锻炼。沿街的桂花树已开遍，有风轻轻吹过来，也能闻到飘来的阵阵桂花香。晚上饭后也会出去走走，昏黄的路灯下树影斑驳，行人们闲庭信步，看夜空中的月牙儿慢慢升至天心。

依然逛超市，买菜，煮饭，做家务，饮食规律，也没有胡吃海喝，或过度补充营养。少吃多餐，极爱吃水果，饭后一小时进食，早晚各泡杯牛奶。很多时候，我常静坐书房一隅，阅读，整理，思考，书写心情日记，放上一段安静的音乐，慢慢退回到灵魂深处，日子缓慢而悠长。有时也让身心处于放空状态，听风慢慢吹，享受这一室安静独处的清宁。

也会静静地体察小生命的神奇之处。在怀孕四个多月时，就感受到了来自她的每日的互动，像小鱼一样温柔跃动，一种很奇妙的感觉。至此，每一天都会定时定点出来与我打招呼。又似是个乖巧懂事的小天使，她从未把我从睡梦中“踢”醒过，我也极少失眠，晚上入睡时，小家伙也会乖乖安静下来，和我一起进入梦乡。在五个多月时，去医院产检做彩超，看到小家伙蜷缩着身子，还有那朦胧的小小的五官，那么心疼又惹人怜爱，我的内心也渐渐有了柔软的暖意。每一次的产检，她也都配合得很好，医生也会跟我打趣说：“你这个妈妈偏瘦要多吃点，不过也好在你家宝宝争气，吸收得还不错。”

而木子先生的参与，也让这幸福感在上升。我们都在慢慢适应和转变角色。每天早晚，我们都会一起去散步。晚上起夜时，尽管我把起身的动作放得很轻，他还是会很容易醒，随后帮我翻身，或扶我起床。偶尔坐起来时，肚子一瞬间的不舒服，他会跟我说：“老婆辛苦了。”虽然他并不能帮我承担身体上的些许不适，但言语间温暖的话语也足够让人安慰。

我也会用文字记录小家伙一点一滴的变化，虽然不成体系，但能留下一个浅浅的纪念也罢。内心深处始终觉得，这是岁月的印记，这段日子不会随风消逝，而是饱满有痕迹有意义的。

从前鲜活而奔忙的种种恍若隔世，如今过着日复一日平淡悠然的日子。而这，也只会是人生中的一部分。

而今，我也越来越不着急了。是的，有什么好着急呢？我只想这样，慢慢地走好每一段路，做好眼前的事情再接着做下一件，而我也有我所坚守与坚持的东西。此行看似平凡，但并不单调，因为每个阶段都是生命赐予你的一份惊喜，只要你愿意以善念与温柔去融入它，你会发现生命中其实沾染了丰富的色调，也会看到更加广阔的天地。

又是一个宁静平常的夜晚，窗外有月牙做伴，无边的天际泛起一抹澄澈淡淡的光晕。木子先生跟往常一样绘声绘色讲故事做胎教，而肚子里有个小家伙听见了，仿佛兴奋不已，欢腾跃动得起劲。

喜欢秋天，因为这是一个让人相信有美好事情到来的季节，尤其是宁静和写意的深秋时节，总能看到温柔与恩慈在闪着光的红叶片中盛放。

而今年我又比以往更加期待深秋时节的到来。因为这个时候，小家伙就会来到我们身边了。但，又希望时光再走慢一点儿。

一切的行旅都发生得那么的自然。

山高水长，鲜衣怒马，每一段岁月都值得珍重，我想认真度过。

临睡前，想起波兰诗人切·米沃什的那句诗："多么快乐的一天，雾早就散了，我在花园里干活，蜂鸟停在忍冬花上面，尘世中没有什么我想占有，我知道没有人值得我嫉妒。"

嗯，好到就是这种感觉。只要用心，愿意去相信，那么爱与温暖，就会恒远绵长。

我爱的人和爱我的人都已经出现。

谢天谢地，而且他们都很好。

一个家庭的气质里，藏着孩子的未来

01

我很喜欢看关于家居生活的文章和书籍，哪怕看到相关的句段、言论我都会倍觉温馨、内心燃起美好的情感，仿佛眼前也萦绕着温暖动人的气息，生命也受到了滋养。我很欣赏那些总能干脆利落打理好家的人，这不仅是一种能力，还蕴藏着一种美好的能量，引着自我的内心走向远方。

比如这样一种温暖。小说《岛》中有这样一段话："当玛丽娅忙着找糖、杯子和茶碟时，克里提斯在房间里四处看看。这里比他自己在伊拉克里翁的小公寓要舒适得多，丰富得多。他注意到那些绣花的衣服，墙上挂着年轻的佩特基斯夫人和玛丽娅以及另一个女孩的合影。他看到一整排的书，看到罐子里装着多叶的小橄榄枝、一束束薰衣草和药草从天花板上吊下来，干枯了。他看到整洁，感受到了家的气息，这一切让他觉得温暖。"

看到这里，我也感受到了家的温暖，以及隐藏在彼此内心里的情愫。我很喜欢这部小说中的主人公玛丽娅，她是个温婉善良、对生活充满热忱和美好、不向命运低头的女子。

尽管此时的玛丽娅已是隔离岛上身患麻风病的患者，而克里提斯医生条件优越、温文儒雅，岛外的世界也有很多他可选择共度余生的对象。但克里提斯在与玛丽娅长期的接触中，被她的美好和善良所打动，暗暗喜欢上了她。也因为她，他更加坚定了自己要治愈玛丽娅以及岛上居民患者的信念。最终玛丽娅病愈重回家乡，也收获了与克里提斯的幸福，尔后两人美满一生，也拥有了令人骄傲的贵族后代。

热爱生活的人，无论命途多么坎坷，生活都不会给予其苛刻。而一个人的生活是否过得好，路是否走得远，从他对待生活的细枝末节的态度上就能看出。

而这表现在一个家庭中，就形成了一种精神气质。这由每个人在生活中所呈现出来的状态凝练而成。而当中至少有一个热爱生活的主心骨，会把这份流动的能量带给身边人，也让身边人感受到这份美好。

这种“美”也决定了家的幸福感，决定了一个家能走多远，当然对孩子成长的关键更是至关重要。

02

我的微信朋友圈中，有一些好友被列为星标，以便于我能经常点进去看他们的动态。而通常被我列为星标的，都是一些具备精神能量、热爱生活、发微信朋友圈的文图有美感有温度、日子过得有滋有味的人。

其中一个是“水彩女王”尤琳，她是一位水彩画家、写作者，还是两个儿子的妈妈。尤琳的文、画如人，气质恬淡温婉又不乏灵气。她说，这是孩子和绘画带给她的。

我很喜欢看她的微信朋友圈，那里有她点滴的日常生活细节记录，有富有禅意清气的文字和明澈干净的画，还有她两个儿子充满趣味的成长语录与哲思。

每次看她关于两个儿子的成长记录都倍觉温馨，暖意融融。她的大儿子今年七岁，很聪明也极有主见，常常会说出一些富有哲理如诗一般的语言，也看得出尤琳是一个非常豁达、智慧的妈妈，她会进一步引导孩子，允许孩子充分地去感受和表达自我，随后把这种互动用文字和图片记录下来。

很多人都怕生二胎，其中一个原因是生怕面临老大与老二之间的矛盾。但尤琳家并没有出现这个问题，相反，他们表现出的是两个兄弟之间的亲密无间的爱。大儿子星宝是一个善良俊气的小男生。在尤琳怀第二个孩子的时候，他会去亲她的肚子，说期待小宝宝的到来。当尤琳躺在沙发上睡觉时，他会从房间拿来自己的小被子，盖在她的身上说："要盖好。"还对尤琳说："妈妈，你要保护小宝宝，就没有人保护你了，我和爸爸就保护你。"

如今，二宝也已经一岁多了，可爱的小脸上嵌着一双极有灵气的大眼睛，非常的萌。自从有了弟弟后，星宝对弟弟更是爱护有加，常常去亲弟弟，陪他一起玩。

尤琳的状态以及她所呈现出来的幸福感，跟她对"美"的追求是分不开的。这种美，是一种对生活的态度与热情，是一种内心的富足。

尤琳曾在文章中写道："我觉得妈妈的美就是孩子的教科书。当我们回顾自己的童年时，真正能让你回味的并不是那些口头上的教导，而是那些美好的瞬间。我相信正是这些，在潜移默化中温暖和点亮了孩子的一生。"而尤琳的这份美好，也给家庭带来了一种美的精神气质和感受，鲜活地在生活中流动与融入，孩子在耳濡目染中也具备了"美"的觉知和表达。

我也很喜欢看她的画，她还画过不少绘画作品。她为儿子画唐诗集，古意横流，充满意境之美。她画二十四节气制成时光日历，流动着光阴的影子，开阔有静气。她画花鸟虫鱼，静美日常，栩栩如生的画中融入了生活的感受。

尤琳的美也与小时候母亲的传递有关。她讲起在她小时候，她的妈妈在烟盒上给她画了一只蝴蝶，印象很深刻，当时觉得很美。

她觉得她的妈妈画那只蝴蝶的时候很温柔。也就是这种没有任何意义，纯粹很美的一点记忆，却让她对绘画有了渴望，让她的心底对“美”的事物有了渴望。

后来尤琳虽然有很长一段时间没有从事绘画方面的工作，她在大学毕业后，工作、结婚、生子，按部就班地过着平凡的生活。但因为有了儿子，以及内心对绘画的渴望，她决心重新拿起画笔。她白天上班，晚上把孩子哄入睡后，开始作画。知道自己要去哪儿的人，再加上心中的这份热爱，全世界都会给你让路。

就这样坚持了两年，有一天她给一个画展投了一幅画稿，随后收到了画已入展的通知，她激动得哭了起来。又过了三年，她集结了自己日复一日所作的画，办了首次个人画展。她还成了星巴克的合作艺术家，在星巴克上海新天地店的外墙上画了一幅巨大的画，成都远洋太古里也有她的绘画作品。

前年，尤琳正式辞去了工作，成为一名自由职业者。她把爱好经营成了生活与事业，在带二娃之余，还创办了“半画”工作室，且有了一批来自全国各地的学员。她不仅教会许多人画画，还将这种创造美的能力传递给她的学生。而她的学生也大部分都已经当了父母，每次学画时不仅会互相交流绘画心得，也会说到自己的孩子因为自己学习绘画，内心也变得细腻、爱“美”了很多。

尤琳说：“父母能对孩子最好的教育，就是把自己的生活给孩子看。当孩子回忆起父母的一生，他们自然会找到他们应有的路。

妈妈是美的，孩子的世界就是美的。孩子被‘美’润泽着，自然会生长出灵气。”

03

因为身处教育行业，我得以有机会观察身边的家长和孩子。很多家长都抱着“不让孩子输在起跑线上”的心态，给孩子报了多个兴趣班。但也不排除有些孩子是被逼的，这从他们上课的表现和神态就可以看得出。有些孩子坚持不了一学期，父母很无奈只好过来撤掉一些课程。

我深知家长给孩子报班的目的也是希望孩子接受一些艺术的熏陶。但这只是一种比较浅显的途径。更重要的熏陶还是来自于家庭中父母得体的言行举止，来自于一个家庭融洽的氛围，引导孩子们多去发现身边那些真正美好的事物。

小时候我很喜欢去隔壁的伯父伯母家串门聊天，如今每次回到家乡我还是会去找他们聊天。不仅仅是因为小时候的那份特殊的情感记忆，还有我很喜欢他们家的氛围，融洽、平和。

伯父伯母如今年逾七旬，他们的儿子儿媳一直都在深圳打工。二老在家带着两个留守在家乡的孙子孙女，孩子平时也很难见到父母。

如今，经常看到关于留守儿童的新闻，他们的成长也大都不容乐观。但这种情况并没有在他们家发生。姐弟俩都很懂事，学习的自觉性也很高，回到家还会帮伯父伯母做家务。他们也从来没有上过辅导班，但学习一直以来都名列前茅，尤其是姐姐，姐姐的成绩一向都是全年级数一数二的，上高中时更是以全年级第一升上我们县城最好的中学。弟弟虽然没有姐姐那么突出，但也还不错，也很懂事，并没有出现父母不在身边就打架斗殴，自暴自弃的情况。姐姐每次从县城回来，也会帮弟弟辅导功课。

他们家虽然不是很富裕，但屋子总是收拾得干干净净，井井有条，记忆中没有乱过，空气中总有清爽宜人的气息。衣服也穿得干净体面，老人、孩子都是如此，没有一丝邋遢随意。最引人注目的是那靠墙的大书架，架子上摆放着很多书籍，姐弟俩经常会捧着书坐在一旁看。而他们爱看书也是受到伯父的影响，他性情沉稳，喜欢安静，一直都喜欢阅读，潜移默化中，孩子们也受到了书香的感染。

他们的家庭生活很自律，每天二老起得早都会出去晨练，周末他们也会带上两个孩子一起出去。家中也养了猫、狗，每次回家从他们家路过，会时不时地看到姐弟俩在逗狗仔玩的可爱的样子。家门口也养了好些花，有芍药、玫瑰、海棠、金银花……经常能闻到空气中飘来的阵阵花香。我能感受到这一家老小都是热爱生活的人。

而孩子的爸妈虽然都在深圳打工，但夫妻俩也都是那种好脾气、踏实的人，性格平缓、不急不躁，爸爸宽容、豁达，妈妈温柔、善良。寒暑假，孩子的爸爸也会把两个孩子接过去，带他们去一些不同的城市，见识不一样的地方和风土人情，一起去探寻生命之美。而他们的日子，也因此越过越好。

好日子其实真的跟丰饶的物质没有太大的联系，拥有快乐、平和的能力显得更为重要，而一个具备精神能量的家庭，必定有着远大的格局、拥有感受生活点滴快乐的能力，这对孩子的影响也是深远的。

这姐弟俩的性格不急不躁，长得极有灵气，也是有主见的孩子，稚嫩的眉宇间也有难得一见的从容与淡定。我想这是和谐的家庭环境对他们成长的滋养。我相信他们的未来不会太差。不是说一定会有多么顺畅，但至少在困惑或迷茫来临时，他们会让自己坦然去面对。

一个常年生活在父母争吵不休、爱抱怨的家庭中的孩子，其成长肯定会大打折扣。我家附近也有一户人家，这家的儿子跟伯父家的大孙女同龄，但却留了好几次级，在学校经常拉帮结派、打架。这家的父母虽然都在身边，但从我记事起，他们夫妻就经常吵架，男人喜欢抽烟喝酒，常常喝到酩酊大醉，一回家就骂骂咧咧。女人也经常抱怨，一脸苦大仇深，脸色黯淡无光，每次从他们家路过时，也能从敞开的门中看到家里到处乱糟糟，东西乱丢一气，一种压抑的气息飘了出来。而孩子成长在这种环境中，自然很难有正面的熏陶和影响。

因此，首先我们应该去努力创造一个温馨舒适的家庭环境，让家中的每位成员都能共同成长。心态好了，家庭生活自然有清宁的质感。而这些也会渗入家中每个人尤其是孩子的生命中，如此方能对生活保持恒久的感动与期待，走得更远。

孩子在成长的过程中，都会不自觉地受到来自周遭潜移默化的影响。倘若拥有美的体验，就会增强孩子对美的感受力，在荒芜的人生中开出幸福的花来。

而拥有“美”感的孩子，在往后的人生中，往往会比一般人更容易获得幸福。因为他知道，即便生活乏善可陈，也能够投入信任与认真，在繁杂的俗世里看到欢喜的流光。

无论未来经历多么坎坷，即便这个世间不那么可爱，心中有“美”感的孩子，也会选择做一个可爱的自己，以柔软的存在爱着这个世间的可爱，去体验生活纤细入微的美，渴慕着世间的一切美好和温暖。

虽然现实有时候让人沮丧，生活也并不总是完美，但那又怎样?

愿我们每个人都能够拥有这样一种笃定的心态，也包括我们的孩子。而这，需要每位父母为之努力，去凝练一个藏着孩子未来与格局的家庭精神气质。

不辜负岁月对生命的眷恋，
不荒废光阴对生活的期望

木子先生曾说：“好想有这样一段日子，我们一起回乡下，看山，看水，养花，种菜……过桃源般的生活。”他说这话的时候我怔了一下。因为他是一个很务实的人，平时想着的是，要好好干一番事业，要努力赚钱，要让我们的家和生活更轻松，更美好，而他也一直这样行动着。我说：“一定可以实现的。”

在快节奏的都市里，闲庭信步已不太可能。简单清宁如山中的日子，也仿佛成了一个遥不可及的梦。但也没有太过牵念，我们选择了先做更为重要的事情，并在心灵的土壤里种下一粒种子，相信有一天会开出花来。有些日子有些生活不一定要马上去实现，而期待与努力的过程，也是一种诗意的张望，一段甜蜜的旅行。

而这一次，多么幸运。一次小小心愿的达成，终于有了一段属于我们的充裕的假期，可以过过缓慢而悠长的日子。从布满雾

霾的广州出发，一路畅通无阻，车窗前方掠过模糊而连绵的青山，随着离家的路越来越近，愈发的清晰了。

回到故乡，已是深夜的凌晨，万物都在安静地沉睡。打开车窗，清冷的风扑面而来，不禁打了个冷战，但我的内心却是温暖、丰盈的。一抬头，看到爸爸举着手电筒走了过来，原来他站在这里等我们很久了。还是记忆中熟悉的一切，那挂在天心明亮的月牙儿，那昏黄守夜的路灯，那宁静村庄的干净的气息。

穿过悠长的窄巷，邻家伯伯的狗儿听到我们的声音，吠个不停。也不觉得无理，这是它在用自己欢腾的声音，迎接我们归家的喜悦。没过几天我就和它混熟了。有次从它身边路过，它蜷缩在地上，很安静乖巧的样子，扑闪着明亮的大眼睛看着我。我兴致来了，微笑着和它打了声招呼："嗨，小狗狗。"它竟马上从地上起身了，跑到里屋转了一圈，顿了一下又回过头来看我，见我还一直在看它，它又害羞地把头低下去了。真有意思，我瞬间被它的样子逗乐了。狗狗很灵敏，只要一听到异样的动静，它就会挺身而出吠起来。但我还是喜欢听它有节奏的犬吠声，在我看来，这是它给这个静谧的村庄所带来的一抹偶然的惊喜。

我喜欢聆听自然万物的声音。每天清晨，屋檐上清脆欢歌的鸟鸣声，总在时间的长空中回荡着生命的喜悦。而我在这样的生动中醒来。还能听到庭院里那三五成群啄食的鸡鸣声，听到屋后小河的潺潺流淌声，听到妇人在河边洗衣服的浣衣声。夜间还能听到一些窸窸窣窣的声音，那是一朵花开的声音吗？就是这么的安静。不问来和去，只为当下每一刻的安然。世间的美好，也不过如此。

我喜欢村庄的宁静，喜欢它朴素的力量，我更喜欢它在阳光下、岁月中泛着古意绵长的光泽。既然回到了这里，那我就顺应这里的时光。在最简单的生活里，面对最真切的万物，我可以安静下来，和自然的一切对话，和自己的内心对话。每天一样可以做很多事情，发呆、阅读、行走、写字、做家务、聊日常，不慌不忙，慈悲喜舍。光阴在日照下的影子，也拉得很长很长了。

我的童年是在这里度过的，有很多美好的回忆。以前住了很多人，满是俗气却喜人的热闹。现在人越来越少了，年轻一代都出去了，小孩子也基本上见不到了，唯有我们的父辈，还有一些老年人住着，他们习惯了慢悠悠的日子。隔壁家的伯父伯母，儿女说要接他们出去住，但两老并不喜欢出去，愣是要住在村庄里，还偷着乐说，外面真不知哪一点好，还是这里住着舒服。

村庄变得越来越安静了。有些没人住的地方，长满了高高的杂草。古老的墙壁有了很多斑驳的痕迹，仿佛在诉说着光阴的故事。但这里的一切依然让我着迷和感动。我可以重新走一遍昔日成长的足迹，回忆过往的美好。还能听到到处熟悉的乡音，有着浓浓的情味。有自家酿制的客家娘子酒，清香穿越悠长的巷子，沁人心脾。有百年长生的古榕树，生命蓬勃，枝繁叶茂，是村庄信仰的力量。还有各种美味的客家美食，一箪一食，萦绕舌尖。邻里乡人，家长里短，也充满了尘世的暖意。其实，这里的一切，又都还是以前的样子。

无论从哪个角度看，呈现出来的村庄，都是一幅淡雅而亘古的水墨画。清晨推开窗户，阳光一下子钻了进来，照在屋内的床板上、书橱上、梳妆台上，椅子上……屋内陈设着儿时的旧物，一切都跟小时候一样，满满的古意和舒心，能闻得到光阴的味道。站在窗前，眺望窗外连绵的远山，以及大片荒芜沧桑的原野，时间仿佛在这一刻静止了。午后走在门前的小路上，看到楼上晾晒着的衣服在风中起舞，衣服上有阳光的颜色。站在楼上，也能看到不远处的那些老房子、老树木、电线杆，尘世间有一种朴素的暖意。

有一晚在路上走，除了风的声音，世间仿佛一片万籁俱寂。少有路灯，大部分的路都是黑暗的。我看到了挂在天心上的圆月，朗朗的清辉晕染了一片苍穹，眼前的池塘也泛起了一层层月光的清明。不远处的屋舍，在黑暗中也因了这月色，有了光芒和灵魂，明媚而动人，有一种地老天荒的美好。此时寒风凛冽，但我却觉着温暖，因了诗情的力量，我舍不得走了，就在空旷的天地间静静地站着。

山间听雨中，润物细无声。回来的这段日子，基本上隔两天就下一场雨。但无论阳光还是雨水，我都爱着。一切都是那么自然的事情。雨越下越大，雨水顺着屋檐落下来，落在地面上，溅起了轻盈的水花。隔壁家的伯母还穿着蓑衣和草帽，挥起铲子将露天的泥土，堆在屋檐下。雨洁净了天上的蓝空。远山如黛，云雾缭绕，清新的气息迎面而来，一片明亮。世间万物也在尽情吐纳着生命的芬芳，真美。

好久没有去集市了，趁着赶集日，我带着木子先生体验了一番。我喜欢这里的俗气，喜欢他们大声地说话，不停地吆喝，这些声音也充满了日常的动人。集市上有各色新鲜的菜，农人忙碌着杀鸡宰鱼，动作麻利，大多是夫妻档。待收市了通常是一辆摩托车驶向回家的方向。他们喜欢这样朴素却有力量的生活，不怕重复和烦琐，不问意义和方向，却踏实而认真地活着，活出生命的华枝春满。

我们家的厨房总是被爸妈霸占着。他们的日常对话也极其简单。无非是今天买了什么菜，要如何做，然后一个掌勺，一个打下手，却把我和木子先生赶到厨房外。有时候还能听到厨房里传来他们的笑声。

他们一生只爱一个人，步调一致，在平淡而细碎的日子里，过着最真的幸福。

也见到了邻家老爷爷的孙女，还记得婴儿时的她，极为可爱，经常逗她玩，没想到时间倏忽一下子过去了。如今的她已经出落成了亭亭玉立的十六岁美少女，也快要中考了。她算是留守儿童，父母外出打工，两位老人在家照顾她和弟弟。小姑娘很安静，不大爱说话，但心态积极乐观，很爱学习，成绩年年全年级第一。两位老人也是有智慧之人，所以她的爸妈在外打工也很放心。

“没想到啊，你也成家了。”路上偶遇围坐一起聊家长里短的老人们，之后他们发出一声这样的感慨。好久没有见到他们了，那些曾经的大人在慢慢老去，脸上也有了很多光阴的痕迹。其实我们不过转了个身，没想到时间过了一大半。

我们在慢慢长大，他们在慢慢老去，甚至离开。昨天舅舅打电话给妈妈，说舅爷爷离开了……前几天也听说，谁家的谁走了，今年又离开了多少人。内心突然升起一种莫名的哀伤。岁月没有尽头，而世间的生命也在不间断地上演着轮回。

每个个体都是丰盈这个可爱世界的一分子，世间并无渺小与伟大之分，活着本身就是一场终极的意义。只要遵循自我内心的意愿去生活，踏实而认真地活着，用生命与时间去投入，就是对这个世间最深情的表达。而面对生命的起点和终结，面对敬仰的大地，我们亦皆应遵循世间万物生长的自然规律，顺应天地而为之。

明天是小年。妈妈已经开始准备过年的用具了。平日里安静的村庄，也渐渐有了人气，离乡在外的游子也陆续回乡了。不远处还能听到断续的烟花爆竹声，年味也越来越浓了。昔日在故乡时我叛逆过，但现在我又喜欢了。因为这里始终是我成长的土壤和根。它已经给了我生命中足够多的惊喜，我该庆幸，而人，也总是不能贪多的。

弟弟妹妹过几天也要回家了。妈妈说，今年全家人都齐了，我们得照一张全家福。我像回到了小时候，满心期待着过年，真好。

第五章

没有人可以独自坚强

◈ 岁月悠悠，我们曾经有过多少争吵，难过，伤心，但最后一切都会烟消云散。我们曾经许下多少诺言，但再多的诺言都不及寻常生活中温柔的关怀，不及与你在一起的人间烟火。

接受感情中的不完美

01

怀孕期间我常去小区附近的乐器行旁听古筝，也因此认识了一位教古筝的女孩，童。她古典沉静，素净的脸上常挂着淡淡的微笑，有一丝柔和婉约之美。有次弹奏完，我们两人就坐在一边闲聊，也聊起各自的爱情。

童说："前段时间我的前男友结婚了，但我还是真心祝福他。"

说起当时分手的缘由，童说以前的自己太黏前男友了，总是缺乏安全感，爱得患得患失。

"我的前男友是一个很优秀的人，他身上有很多光芒，能言善谈，睿智幽默。他不仅有自己的事业和圈子，还是一个很懂生活的人，喜欢摄影、旅行、下厨……而我却比较沉闷，也没有什么兴趣爱好。也因此我总是不够自信，害怕失去他。只要他没有马上回复我的信息，我就会疑心他不够爱我，随后电话连环

Call。也会去检查他的手机，我总因为一点小事跟他发脾气。而他也觉得我无理取闹，久而久之，我们的爱情不堪重负，也出现了裂痕，最终他提出了分手。”

“不过我觉得你现在的状态就很好呀，你古筝弹得很好，也常跟圈子里面的人交流，自信又有亲和力，挺招人喜欢的。”我说。童因为爱好古筝，她在工作之余也会加入相关的圈子，去精进自己的爱好，丰富业余生活。

她淡然一笑，说道：“这也是我想说的。其实我挺感激上一段感情，虽然分手了，但我也学到了不少东西。以前与其说我爱他，不如说是我不够独立，对他太过依赖。我看似全身心投入到这份爱情中，但其实爱得卑微，也给彼此带来了痛苦。爱得太满，期待就更甚，也会太在乎来自对方的回馈。”

“一段优质的爱情，是不会让人迷失自己的，是会爱得舒心、自在的，除此之外，也要保持合适的距离，给彼此独立的空间，两个人才能一起共同成长。”

童的一番话让我若有所思。是的，在爱情中，我们往往容易越界，想知道对方的一切，想要看对方的手机，甚至干涉对方的交际和圈子。我们以为这是一种爱，其实这是一种不尊重对方的表现，是我们的不安全感在作祟。

实际上，爱是不能太用力的，也无需一天到晚黏在一起，也不需要没有原则地去付出，否则带给一段感情的只能是疲惫和束缚。即使深爱着对方，也依然要保有自己的节奏，拥有独立而自主的灵魂。同时尊重对方的世界，理解和信任对方。

与其无端猜疑，不如好好完善自己，建构丰富而美好的内心世界。唯有把自己经营好安顿好，过好自己的生活，才能拥有爱人的能力。那样即使我们的感情出现了裂痕，也能共同去面对，拥有余力去修复。

爱情最好的样子，不是爱得死去活来，你侬我侬，不是爱得双方无法呼吸，而是刚刚好。爱情就像是手中握着的一堆沙子，太用力就会溢出来，太放松又会从指缝间漏下去。唯有把握好用力的分寸与节制，爱得恰到好处，方能稳定而恒远。

02

爱情中的我们都喜欢一起憧憬未来，这无可厚非，但我们更需要的是脚踏实地地活在当下，多站在对方的角度想想，我们最需要的是什么。

去年，我和木子先生跟团旅游。跟团游的要么是年轻的夫妻，要么是老年夫妻，鲜少有中年夫妻会一起出来。但旅途中我注意到一对中年夫妻，他们的感情看上去不甚甜蜜。女人爱拍照，爱笑，她会站在码头上，站在花园、城市中，摆好看的姿势，男人负责帮她拍照。

我们还在同一桌上吃饭，其间闲聊起来，她问我：“你们是刚结婚一起出来度蜜月吗？”我说：“也没有，我们结婚好几年了，中间一直在忙，没有时间，现在出来透透气。”随后我们聊起各自的感情。

我才知道，原来她去年刚生了一场大病，这次是大病痊愈后，他带她出来一起旅行。曾经他们恋爱好多年，但他一直没有勇气向她求婚，也因为他觉得自己条件不够好，还不能带给她幸福。而她想的却不是他要赚够很多钱才来跟她结婚，而中间他们也因此分分合合，但总算一起步入了婚姻的殿堂。

结婚后，他说：“我要很努力，为这个家过上更好的生活。”但她并未有太多的喜悦，也很难感受到来自他的关怀和暖意。因为他经常忙于自己的事业而奔波在外，早出晚归，忙于应酬，家仿佛成了一个旅馆。她怀孕期间，他也没有时间参与进来，没有为她做过一顿饭，没有陪她去过一趟产检，甚至在生孩子时，他还在外地出差。孩子出生后，他也很少陪伴孩子，家里的大小事务都扔给了她。

久而久之，她对他越来越失望，他们也会因此争吵。可他说：“我这不都是为了让你能享受更好的生活吗？还不是为了这个家吗？”她说：“可你从来就没有想过我真正需要的是什么！”

直到去年，她生了一场重病，医院下了病危通知书。那一刻他才幡然醒悟，他要为她做点什么。他总以为来日方长，他曾对她有很多承诺，却忽略了寻常生活中点滴的爱与关怀，忽略了当下更为重要的陪伴。

“爱不要寄希望于未来，人要活在当下，也要及时用爱供养当下。”饭桌上的他意味深长地说了一句。所以他想要及时弥补，他减少了很多工作推掉了很多应酬，开始懂得陪伴家人和孩子，也会回家一起做家务。而今，她的身体也在慢慢恢复。

爱得太满，承诺太重，未来遥遥无期。你总说，我要好好赚钱，等我赚到钱了就娶你。你总说，为了让你过上好日子，我要先忙事业，等生活好起来了再来陪你。你以为你给我的都是爱，却未必是我想要的。我需要的不过是累了的时候，有个肩膀靠一靠，我需要的不过是，当我渴了的时候，你倒过来的一杯温热的开水，我需要的不过是，哪怕你事业再忙，都能在某个时间点放下，随后回家好好陪伴家人与孩子，好好做一顿晚餐，过一个轻松的周末。

真正的爱不需要你倾尽所有，而是多想想对方需要的是什么，才能获得舒心的陪伴，长久的爱情。

爱情最好的模样，就是爱得刚好，刚好我们活在当下，在柴米油盐的生活中浇铸出温暖的时光。刚好我深知你心，可以一起去体验生命旅途中的星辰大海，刚好我们都在彼此的眼中欣赏到了美丽的世界。

03

曾看过霍达写的爱情长篇小说《穆斯林的葬礼》，小说中韩新月和楚雁潮的爱情悲剧，让人感到无限伤感和惋惜，但作者霍达本人的爱情故事其实很圆满。

现实生活中，霍达与丈夫王为政已经走过了四十多年的风风雨雨，两人一直琴瑟和鸣，相濡以沫。他们有共同的爱好，都热爱文学、诗词、史学，两人在文学、艺术上也取得了不斐的成就。

真正长久的幸福，是需要相互扶持，相互鼓励的。不仅认真地对待自己,也会认真地对待对方,支持对方去做自己想做的事情,成为自己想成为的人。

霍达与丈夫虽然都有各自的创作方向，但他们也会积极支持对方的创作愿望，用心去帮助对方。

霍达回忆自己创作长篇小说《补天裂》时，曾远赴香港体验生活，搜集创作素材，不仅耗费了大量的精力、体力，也花去了夫妻两人的不少积蓄。但丈夫毫无怨言,依然支持着妻子的事业,他会用自己画作换来的收入去支持妻子的创作。每当霍达的钱快要用完的时候，丈夫总会及时打来电话，告诉她家里的某个地方还有存款。

霍达在创作长篇小说《穆斯林的葬礼》期间，他为了让她安心写作,揽下了家里的大小家务事,包括接送孩子上下学,做家务。

而对于丈夫的画作，霍达也非常支持，为此，王为政也创作出了《毛主席与李四光》《思想者》等代表性画作。

两人的事业也在彼此的支持下，摇曳生花，散发出光芒与力量。不仅仅是在创作上，生活中的两人也是互相体贴，用情至深。

王为政一直有午休的习惯，若有客恰逢此时来访，霍达会为了让丈夫睡个好觉“婉拒”客人。有一次，王为政刚躺下午休，他的同事恰巧来访，霍达不忍心把他叫起来。于是，她找了个借口带着客人在楼下转悠了一个多小时，估计丈夫该睡醒了，才带着客人回到家里。

霍达曾因长期伏案创作落下了不少病痛。而丈夫会很细心地把妻子每天服用的药物都一一分装在一个小盒里，按顿取用，甚至每天几点入睡、几点醒、几点吃药、吃什么药、有什么变化，都做了详细记录。

霍达说：“是爱情培育了我们这个家，也是这个家和共同的事业培育了我们的爱情，我为他活着，他为我活着。”

王为政也深情地对妻子说：“丹青已知老将至，来日无多，让我们抓紧时间相爱吧！”

我们一起去坚定这份美好，创造我们想要的未来，一起活得精彩纷呈携手终老，看到一个更加广阔的世界。我喜欢这样深情的爱，会让彼此自由而安心地行走在尘世间。即便走过很多路后，当暮色四合的夜晚来临时，看到万家灯火依然有一盏为我点亮，我也能感受到那份柔软而安心的暖意。即使历遍风雨沧桑，但想到有你一起走过的人世风雨，我也会看到人世间极为瑰丽的景致。

真正深入骨髓的爱，来自于对彼此的用心和欣赏，来自于那份难得的懂得与珍惜，如此爱情方能在生命的时光中变得愈发温柔和深情。

04

很多时候，爱不必费尽心思，不必充得太满，才去迈开步子付出行动。

岁月悠悠，我们曾经有过多少争吵、难过、伤心，但最后一切都会烟消云散。我们曾经许下多少诺言，但再多的诺言都不及寻常生活中温柔的关怀，不及与你在一起的人间烟火。

世间的风景之所以看起来很美，也不过是因为你在我身边。

没有人可以独自坚强

01

今天依然是值得纪念的日子。

只是之前每一年都不会忘记的我，今年却忘了。要不是他提醒，我甚至可能过了好些天都不会想起。

前天清晨起床时，我的衣服估计穿少了，一走出卧室，就不禁打了个冷战。再加上闻到饭桌上饭菜的香味，胃里忽然止不住地一阵翻滚往上涌。我立马冲进洗手间吐了起来。

还在睡梦中的他听到这番动静，迅速从床上爬了起来。他过来轻拍我的背，很快又去给我搬了把椅子让我坐下，我依然不可遏制地吐得眼冒金星。

他问我有没有好些，随后又去倒了杯温热水让我喝，漱一漱口。接着他又问我：“老婆，你知道后天是什么日子吗？”

我以为他只是想转移我的注意力，随便抛出的一个问题。而且我当时也还没缓过神来，所以也没有多想。

他继续说："我提示下你哈，今天是二十五号。"

我不以为然："哦，然后呢？"忽然脑海里闪过一个激灵，我想起后天不就是我们五周年的纪念日吗？我说："啊？我们竟然在一起五年了。"我这段时间事情比较多，忘性也越来越大，甚至上着班都会忘记今天是周几，是几号。

而在所有值得纪念的日子中，我最看重的是今天这个日子，毕竟是我们真正走到一起的第一天。真是不可思议，原来我们已经牵手走过五个年头了，结婚也快四年了。而在这样的一个时间节点，最幸福的莫过于，我们有了自己的小家，半年后我们也将迎来一个新成员，从二人世界变为三口之家。

虽然这段时间有些许不适和苦恼，但想起其间有来自他的关怀，还有这个联结我们世界的小生命，我又充满了惊喜和期待。

02

三个多月前，我回了趟家乡，之后周身疲惫，感冒咳嗽嗓子嘶哑，回到广州还不见好。

去药店买药时，我多买了一个测纸，回家一测，眼前是很清晰的两条红杠。

我愣怔了一下，脑子有些空茫，忽而反应过来，随之而来的是内心的激动和喜悦。因为生宝宝也是我们今年的计划之一，虽然比我们预想中来得要快，但我依然感到开心，我想他的心情也会如我一样。

当时他正在上班，我拍成图片给他看，一行字还没打完发送，他就马上回复我："有宝了？"那天，他比往常都要早下班。一回到家他就开心地绕着我转："今天上班的时间好漫长，我满脑子想着的都是回家。"随后又摸摸我的头说："我也要当爸爸啦。"

随后我进入了难熬的三个月，但这过程其实也是痛并快乐着。起初我感冒咳嗽不止，药也不敢吃，他会帮我去网上查吃什么可以止咳，后来查到蒸橙子可以缓解。他于是帮我买橙子回来，每天用高压锅蒸两个给我吃。之后我又食欲不振好一段时间，很多味道都闻不得，饭菜也吃不得，不然就反胃。他也会去研究一些饮食搭配，看吃什么对我会更好。我早上刷牙或遇冷就吐，每次他也只能着急而无助地过来拍拍我的背。然后他用理科生的思维告诉我，不要用冷水刷牙，因为自来水中含有氯离子不能直接用，清晨他会帮我倒好用来刷牙的微温开水。

自从怀孕后，我比以前要怕冷，别人白天穿一件单衣，我却要穿冬天的衣服才敢出门，每天起床时他都会不厌其烦地提醒我应该多穿衣服。临睡前，他也会帮我泡奶粉喝，睡到半夜会起来打蚊子，而我却睡得很沉。他也关注了一些育儿账号，看到一些好文会分享给我，提醒我注意哪些事项。当时考虑从广州搬回中山，我说其实你可以留在广州，他说最重要的是一家人在一起，工作哪里都可以找。

以前我很恐惧生孩子，怕自己有了孩子后无法平衡好生活与工作，无法给孩子提供更好的环境，无法处理好一些微妙的家庭关系。所以结婚几年来，我都没有勇气要孩子。而他也尊重我的想法，给我时间去成长、去准备。

现在我却感到很安心，我相信我们的感情会比以前更加融洽。也因为有他的参与和关心，有了对同一个小生命的期待与关注，这更拉近了彼此的内心与距离。因此怀孕期间的不适也不算什么了，还觉得是另外一种甜蜜和幸福，也会是日后美好的回忆。

也有人说："怀孕是最幸福的时候，真正考验一段感情的是有了孩子后的那两三年。而生完孩子是抑郁症的高发期。"有时候看到类似的文章我也会转给他看。他说："我不会让你抑郁的，因为你是孩子的妈妈。"随后又补充道："更因为你是我的媳妇啊。"

03

其实，如今的我也不怕这些考验的到来。因为我们在有宝宝之前，已经在朝夕相处的生活中磨合了四五年，彼此也有了更加成熟和自足的心性，各方面也渐渐趋向稳定，而这些也足以让我有信心去面对即将到来的琐碎和庸常。

在看《朗读者》时，“岁月女神”张艾嘉分享了自己的经历、感悟和爱情观。她说：“我先生娶我的时候跟我说：‘我们两个不要一直黏在一起’，我觉得很有道理，我就是我，你就是你，我们不应该把自己所有的幸福都依赖在对方身上。”我深以为然。

其实，我们也曾经试图改变对方，把很多期待放在彼此身上。也会因为生活中的小事情有所争执，却忽略了站在对方的角度去思考去理解。

后来才在生活的磕绊中慢慢明白，其实我们都是独立、自由的个体。爱情需要留白，需要降低期望值，唯有学会平衡自我的内心，尊重对方，给彼此成长和做自己的空间，我们才会遇见更好的自己，我们的心才会靠得更近。

而我们在这改变自我的过程中，也慢慢建立起了一份妥帖的安全感与信任感。我们不需要在对方没有及时回复信息时胡思乱想，不需要反复去翻阅对方的手机，不需要去追问对方的承诺和誓言，去寻求对方的问候与关心。不用绞尽脑汁地去想着如何拴住对方，也不担心对方出什么岔子。因为与其如此，不如花心思在自己的成长上，学习如何自爱与独立。

他在遇到我之前，独自去过好些地方，但都是因为工作性质的出差。他说：“以前出差也有很多机会可以出去玩，但除了工作和见客户，我哪儿也不想去。后来遇到你，便想着要和你一起去很多地方。”

后来我们在一起后，也真的一起去了好些地方。我们自驾游去云南，看滇池，游走在民族村，和当地人愉快地聊天。在大理古城看夕阳斜斜地照在古城墙上，我坐在古城中央享受日光的沐浴，而他负责帮我拍照。在丽江古城看小桥流水，听泉水叮咚，在香格里拉看沿途风光、草原和具有虔诚意味的古城，看朝阳升起，夕阳缓缓隐到山的那一边。也一起去异域国度，在新加坡体验花园城市的风情，也在马来西亚的柔佛海峡沙滩上漫步，看潮起潮落，一起眺望远方，时间在一点一滴中变得无限绵长……这样的旅行，也考验了我们两个人的配合程度，我们分工明确，通常是他负责导航、制定路线、找住宿和吃的地方，而我负责记录沿途的风光，回来后形成文字，并整理相关照片晒出来存念。

旅行如生活，我们也有一起渡过生活难关的时候，曾一起承担过来自现实的挫折与失败，一起在这个世间披星戴月。而一切的经历，也让我们学会包容彼此内心的那个不完美的小孩，让我们成长为更好的人。

04

我很欣赏一种婚姻方式，就像杨绛与钱钟书的那种舒服的状态。杨绛在《我们仨》一书中有很多温情日常的记录，看得人内心异常动容而暖和。书中其中有一页插图分别是她、钱钟书和钱瑗各自在自己的书桌上埋首读书、工作的照片。照片下面是杨绛的配图文字，她说："我们三人各自工作，各不相扰，钟书正在添补他的华氏大辞典。"

我很喜欢她在文中的一句话。她说："我们与世无求，与人无争，只求相聚在一起，相守在一起，各自做力所能及的事。碰到困难，钟书总和我一同承担，困难就不复困难。"

我也希望我们能一起努力营造舒服、宽容、自在的家庭氛围。我希望时间可以走慢一点，在尘世中并肩眺望世间的所有景致和风景。

又或许世间的风景其实不那么重要，最动人心魄的莫过于，你一直陪在我的身边，我们褪尽繁华的华裳回家穿上素净舒服的家常服，去品味柴米油盐、酸甜苦辣的烟火人生，去踏踏实实地过尘世的生活。我们渐渐走向内心的丰盈和明朗，一起慢慢走向心中的远方。

而今，宝宝也在来的路上。我相信我们一家三口的世界会更加精彩，以后我们还要去更多的地方，走更远的路。我并不担心抑郁之类的，虽然我未必有能力处理好即将到来的一切，但我并不畏惧。

毕竟我们总要在很多的第一次中才能学会成长，比如第一次做夫妻，第一次为人父母。我们不可能十全十美，也因此，我们会习得对对方更多的包容和理解。而我们能做的也就是保持情绪和心性的稳定，不逃避责任，我们去勇敢地承担该承担的一切，努力做个好父母。

05

我也一直记得2016年最后一晚他说的那句话。

那晚，我和他一起去万达广场过跨年夜。随后我们一起去看了一场电影，电影结束时已接近凌晨一点。因跨年夜人太多，车也不好打，我突发奇想：“要不我们走路回去呗。我想体验一下这样的夜晚。”他虽然怕我走回去太累，太晚影响睡眠，因为走回去需要两个多小时，但他还是被我说服，答应了我。于是我们开始往回走。路上我们走走停停，看凌晨的广州，看渐晚渐静缓缓沉入睡梦的世间。待快到家时已近凌晨三点。

我们在附近的宵夜馆要了两份筒骨粥，我说：“老公，这不也是一个很有意义的晚上吗？我们从2016年走到了2017年哦。”

他说：“不止，我们还会走更远的路。”

愿林深见鹿，梦醒见你

01 爱情与面包的抉择

假如你们现在没有面包，你是否愿意继续坚守爱情的信仰，与他一起去努力拥有属于你们的面包？

下面要讲的这个故事，我想，基本上可以解答这个问题。我有一位大我两届的师姐，大学时与男友异地恋四年，毕业后再异地三年。一年前，他们结婚了，现在在上海，租住在学校的教师公寓里。

大学时，就听说过她的爱情故事。异地也还好，在彼此不在身边的日子，他们就各自努力着。她是个温柔、开朗的女孩，而他沉稳、阳光。在不太看重学习成绩的大学里，他们依然当着学霸，也会参加社团活动、学校组织的大赛以及社会实践活动。毕业后，她选择了回家乡工作，南国的一座二线城市。而他因专业性质，再加上成绩优异，被保送到上海的一所重点大学读研。职场上，她初生牛犊不怕虎，再加上努力还有好人缘，一年后也顺利升职。业余，她会给自己充电，参加专业培训班，偶尔也加入户外驴友的活动，她在一步一步成长为独立、丰富的自己。而他在上海读研期间，也挺努力的，没有花家里的钱，还兼任了学校的助教。五年后，他硕博连读毕业了，并在该校中担任大学讲师。而她也去了上海，找到了工作，两人结了婚，过起了小日子。

这样的爱情听起来挺励志的，但他们也遇到过茫然和不知所措。想要真正在一起，她去上海的可能性要大一点。但她纠结着，因为她不想离开熟悉的家乡，也不想放弃当时的工作。而上海节奏太快，除了他，也没有自己的圈子和熟人，一切都要重新来过。另外，他家境一般，父母也持反对态度。他也纠结着，他倒不怕在现实中慢慢摸爬滚打，但想到自己目前一无所有，给不了她更好的生活甚至还要她跟着一起吃苦，内心深感愧疚和自责。但他还是暗自许下承诺，即使目前给不了她好的物质条件，他也要一辈子对她好。

幸运的是，即便有着当下的困境、未来的茫然，他们也有和谐的交流、笃定的爱情目标，很快的，便为下一站树立起方向的标杆。后来，她递交了辞职书，也说服了父母，去了上海。她说，我相信他。有时候妥协，是为了更好的成全，她选择了勇敢地去相信和奔赴。

前段时间问她过得如何，屏幕弹出她的回复："幸福，岁月静好。”她说，刚开始也不适应上海的生活，可一段时间后发现，其实也没那么难。而他在高校中当讲师也不错，学生们也很喜欢他。

她说，在一起后，归属感更强了，很多时候都会站在对方的角度去考虑事情，为对方着想，彼此更像是紧紧拧在一起的同一个人。

就这样，两个人在繁华的都市中过着小日子，筑着小家庭的大梦想。无论街上繁华，或落寞，只要心勇敢地拧在一起，有力度有韧劲，那世界就是他们的。有时候，会更相信，在爱情经历与现实的碰撞后，才会慢慢接近生活更真实更美好的样子，这也会是一段值得珍重的静好岁月。

02 爱情的学分，你修满了么

如果我只讲上半段故事，可能你会不以为然，恋情算得了什么。恋爱中，有些人作假也能蒙混过去呢。的确，未到终老见花开的爱情，都是很难猜到结局的。何况漫长的几十年婚姻，还有各种挑战与危机要面对，这才是最考验人的。

看过很多版本的爱情，有闹了一辈子，累得喘不过气来，最后还是选择分开的。也有看似闹了一辈子，实则在发嗲，就是不离不弃的。有秀了一半恩爱却半路突然撤场的，也有一直秀恩爱秀到老的。有能共富贵，却难以共患难，大难临头各自飞的。当然，也还有无论甘甜苦涩，披星戴月，沧海桑田，我就是要和你一起慢慢变老的。

相爱容易相守难，相守确实是一门大学问。有人修好了，也有人没修好。修好了的，会更笃信，那是一种很踏实的相信，婚姻实质上是爱情的升华，爱情的更高境界。没修好的，则身心俱疲，高喊婚姻就是爱情的坟墓。

相守无外乎有两大劫难，桃花劫和性格合乎否。难逃两大劫的，如饰演《人鬼情未了》的主角——好莱坞女星黛米·摩尔与阿什顿·库彻恋爱时的如痴如醉，却在婚后因库彻的桃色情缘不断，两人终以离婚收场。也会看到娱乐圈中的一些“模范夫妻”相爱时的各种恩爱秀，却在相处时的针尖对麦芒中狗血般的互相撕咬。

当然也有克服两大劫的，比如张智霖和袁咏仪，他们在结婚十四年后重拍婚纱照。而在相爱二十三年的光阴里，一如既往十指紧扣，依然甜蜜如初。袁咏仪不计较名气谈地下恋情，张智霖每天致电给安全感，袁咏仪不要求拍婚纱照也不要求买房，张智霖拍戏搭档听老婆的。

不计较，给足安全感，我相信他，你能做到吗？

我想说，任何时候，你都不能缺乏学习的能力和心态，不能逃避成长。因为，人生处处皆考场，你是要临阵退缩还是要厚积薄发拿满分？这是一个万能定律。爱情也一样，想要拿满分的，那么，从今天开始，好好学习吧。

03 微小的细节才是生活的本质

在漫长的相守中，不少人认为琐碎会消磨最初的新鲜感，感情也会被时间冲淡，甚至直接溃败。但有人却认为，琐碎才是最有滋味的，只要用心品味，就能拼凑出一幅丰富悠然的山河岁月图。刚看完宁远的《把时间浪费在美好的事物上》，这不是什么爱情教科书，这是一本娓娓道来的富有生活气息的书。宁远有她的一套生活哲学，张弛有序，于细微处洞见美好。她在辞去主播生涯后，过着自己向往的生活，开创自己的服装品牌，自己做衣服，就在一间很有生活气息的“远远的阳光房”里。她还是两个孩子的母亲，除了做衣服和带孩子，她还读书、写字、听音乐、画画、泡茶、种菜、做手工……生活有滋有味，恬淡、宁静。她说：“把时间浪费在美好的事物上，所有微小的细节才是生活的本质。”

写到这里，我脑海里立刻勾勒出，也如宁远般把日子过成诗的你，你的身旁一定站着很爱你的他。他可能不会做家务，甚至有些坏脾气，但他会受到感染，因为你的温暖、淡然，因为你把家收拾得井井有条。他也很喜欢回家，因为家和爱人能让他卸去白日身心的疲惫，并带给他温暖和舒心，如沐春风。而你也在他稳定呵护的天空下，心境也更加阳光。两个人就这样，拿起手中的笔，画着如诗般的小日子，琴瑟和鸣，弹奏着细水长流的音乐曲调。我想，这会是一首在漫长岁月里，永唱不停的良性循环的爱情乐曲。

屋外的风雨尽管下吧，我们只管在屋里安静地品着柴米油盐酱醋茶的味道，和你一起看细水长流。风雨不过是锦上添花，而爱情，就只与你有关。

04 爱就是要过五关斩六将

我很喜欢的足球明星——卡卡与卡罗琳这对金童玉女结束了九年的婚姻，消息一出，立刻引发全球一片哗然，而不到两个月，两人又闪电复合了。卡罗琳在社交网站上传了一张和卡卡的拥吻照，并随附文字“Happily Ever After(从此以后幸福快乐地生活在一起)”。据巴西媒体透露，两人分开后，发现对方才是彼此生命中最好的人，也因为他们的爱情结晶——孩子。

有些故事听起来很苦涩，但只有故事中的人，才能品出甘甜的芬芳来。有些故事听起来很唯美，但也只有故事中的人，才知道经历了哪些关卡。生活绝非浪漫唯美的偶像剧，人人都是不愁人间烟火的高富帅和白富美，永远呈现给你的都是童话和城堡。真正的爱情，是要接地气，过五关斩六将的。

我大三暑假在一家公司实习，很欣赏那个公司的一位女副总，优雅，知性，大方，得体，她看上去也很年轻，就像二十多岁的样子，但其实已经四十多岁了。她有一位很疼爱她的先生，孩子也教养得很好，她是那种外柔内刚的女子，很能干，在家庭、事业之间游刃有余。

但她的经历也不是一帆风顺的。度过甜蜜的新婚期，一年后孩子出生了，之后面临家事上的各种繁杂和矛盾。与婆婆的生活习惯、教育理念的冲突，与丈夫的某些观念和处理方式的矛盾。但每次闹心后，她都会去总结和反省，老公也会自我检讨。所以很自然的，这反而成了他们学习和互增信任的机会，感情也更好了。

在孩子三岁多时，先生创业失败还欠了不少外债，这期间，家庭日常支出仅靠她上班的收入，也几乎是她一人带孩子、还房贷。也经历了母亲重病，面对高昂的医疗费用一筹莫展。而这些经历并没有让她变得庸俗，影响夫妻之间的感情。反而让她的心态更加平和了，感情也是稳稳当当的。即使周遭布满阴霾，他们也要拨开雾气看阳光。“贫贱夫妻百事哀”的魔咒没有在他们身上出现。

而先生对她也甚是疼爱。有一年，刚拿到驾照的她开车上路，由于前面的车突然减速，导致她未能及时刹车追尾了，自己也受了伤。那段日子，从不做家务的先生，不仅承担起所有家务事，还悉心照料她直到身体恢复。那次经历也让她又一次重新调整、审视了自己。为了恢复得更好，她常去练瑜伽，跳舞，跑步，整个人散发着青春活力的气息，心也修炼得更宽了。两人也因为彼此在努力共同成长，心靠拢得更近了。

在家庭婚姻的课堂里，很多人都是初学者。从一个熟悉的原家庭进入到一个陌生的家庭，总是会有一个过渡阶段的。两种不同的成长背景，两种迥异的思想观念，这样的两个人走到一起，相处总是需要磨合的，还有与彼此家庭中的其他人的磨合。遇到问题不是关键，关键是遇到问题如何处理，如何化解家庭生活的危机，而婚姻也是需要总结的。

也不一定都能做好，但我想，一个心态平和的温柔女子，会珍惜每一个攻克难题的机会，修炼智慧的心性，努力让这个家恒温。一个宽容沉稳的成熟男子，会协调好母亲和妻子之间的关系，会用大大的手掌来把持住家的局面。两人携手共同成长，一起融入家庭的团队中，在磨合中建立一套属于两人的生活哲学和相处艺术。

倘若能够做到隐忍，懂得，不抱怨，不苛责，互相体谅，那么这样的爱情与婚姻，就能滋养对方的生命。即便是千般困难在眼前，岁月也会一片静好。而别人也会看到你生活的全貌，以及爱人、孩子和老人在生活中的精神状态，丰盈、自如。

我欣赏那种爱情，无论走到哪个阶段，都知道想要什么，即使有迷茫，也会一起去寻找并朝着前进的方向慢慢靠近美好。

真正的爱是千帆过尽，依旧岁月静好，而这，需要两人的苦心经营和成长。细水长流的时光深处，我始终相信，爱情一定会开出一朵淡雅的莲。

岁月颠沛流离，幸好我还有你

假期看了凤凰卫视的一档纪录片，屏幕上回放了一段关于他俩十多年前的采访。她已是白发苍苍的老人了，体态看似纤弱，但声音洪亮爽朗，言语幽默风趣，还有一种笃定的气场。她说话的语速极快，深邃的眼睛闪现着智慧的光芒。她的脸上泛着光泽，头上盘结着闺阁式的流苏辫子，穿着对襟小褂，高雅又得体。而坐在一旁的他，神情儒雅和善，总是带着绅士般的微笑，不凡的气度，亦透着慈悲的心性。当她讲到他时，她依旧直言快语，还有些俏皮的得意，而他略带羞涩的笑意里，却也透着无限的深情，倒也有几分可爱，让人看后忍俊不禁。

她和他都怀有世间少有的赤子之心，而这成就了他们一生的幸福。这让我想起《约翰·克利斯朵夫》里的一句话："幸福是灵魂的一种香味，是一颗歌唱的心的和声，而灵魂的最美的音乐是慈悲。"

她就是民国最后的闺秀，张允和。他是汉语拼音之父，“百岁大师”周有光。民国的旧时月色已成往事，但他们依然是从民国时期走出来的才子佳人，相濡以沫，琴瑟和鸣，沐浴了七十年的风风雨雨。他们的爱情如涓涓细流般流淌至生命时光的深处。

01 温柔的防浪石堤

年前买了一本张允和的散文集《最后的闺秀》，随后迫不及待翻阅起来。她果然是一位才情非凡、智慧幽默的大家。文集以家和情感为主线，她的文字温婉清丽，饱蘸了满满的爱和暖意。即便是回忆起过往一些不堪的岁月，她也不失风趣和生动。她生性乐观，在生命的麦田里，捡拾起来的也是那些温情而动人的麦穗片段。

合肥张家四姐妹元和、允和、兆和、充和，在中国乃至国外都赫赫有名，她们在书香世家的熏陶中长大，学习古文、国学，以及高雅的昆曲，还深得新学精髓。张允和是“九如巷的张二小姐”，自小便修得智慧与灵气的心性。她年轻时有一张黑白照，眉目传神，鼻梁坚挺，清秀的脸上透着一种韧劲。气质脱俗，尽显大家闺秀风范。她被人形容为：“年轻时她的美，怎么想像也不会过分。”

叶圣陶先生也曾欣羡地说：“谁娶了九如巷的姑娘，谁就会幸福一辈子。”

而娶了“九如巷张二小姐”的，正是我国的汉语拼音之父周有光。他曾在《逝年如水》中回忆与张允和的恋情，他说他们的恋爱是慢慢地自然发展的，“流水式”的。好的爱情永远是润物细无声的，亦有一种无言却深邃的力量，于岁月和灵魂深处叩响动人恒远的声音。

张允和读中学时，曾是周有光妹妹的同学兼好友，因两家住得近，放假了经常在一起玩而相识。但当时的两人也仅止步于一面之缘。后来张允和考入上海的中国公学，而周有光也在上海的光华大学读书。当她再一次出现在他眼前时，她已被时光精心雕刻过了，清丽脱俗，气质如兰，那一刻他爱上了她，于是他对她展开了温柔的追求攻势。

张允和在七十九岁那年，以柔情细腻的笔触写了《温柔的防浪石堤》一文，追忆了那段青涩的初恋：“有两个人，不！有两颗心从吴淞中国公学大铁门走出来。一个不算高大的男的和一个纤小的女的。”字里行间满溢着温柔而甜蜜的情愫。她仿佛回到了当年美好而纯真的时光，浮现在眼前的是潇洒俊朗、风度翩翩的他。他们来到江边，坐在温柔的石堤上，看浩瀚江水碧连天，静听夹杂着彼此心跳音符的浪涛声。他欲向她倾吐爱慕之情，他从怀中取出了英文版小说《罗密欧与朱丽叶》。这别有用心的举动，她全都看在眼里，他把书签夹在书中，她翻到夹着书签的那页，一句“我要在你的一吻中来洗清我的罪恶”让她的心荡起了层层涟漪，她在心里嘀咕：“这人真坏，以为我不懂啊。”他也有些难为情，但最终他还是鼓起勇气牵起了她的手，而那一刻，她紧张得手心一直在冒汗，于是“他从口袋里又取出一块白的小手帕，塞在两个手的中间。她想，手帕真多！”看到这里，他的“不怀好意”，她的俏皮可爱，着实让人忍俊不禁。“她虽然没有允许为他‘洗净了罪恶’，可是当她的第一只手被他抓住的时候，她就把心交给了他。”自此两人情定温柔的防浪石堤，爱情，从这里开始了。

02 一派天趣的爱情

他们经历了甜蜜的爱恋，也到了谈婚论嫁的时候。可周有光却犹豫了起来，他写信给她：“我很穷，恐怕不能给你幸福。”但她并不介意，她一早就认定了他，她看中的是他的为人和内心。为了打消他的忧虑，她回了一封长信给他。大意是说，幸福不是你给的，而是我们两人一起创造的。言语间尽显智慧和明理。

1933 年，周有光和张允和举行了婚礼。“从此以后，将是欢欢乐乐在一起，风风雨雨更要在一起。不管人生道路是崎岖的还是平坦的，他和她总是在一起，就是人不在一起，心也是在一起。她的一生的命运，紧紧地握在他的手里。” 当七十九岁的她写下这段话时，他们是幸福的，也是骄傲的，因为他们此生实现了最初的诺言，愿得一人心，白首不相离。

张允和与周有光的性格完全不同，她活泼率性，说话直接，做事干脆利落，人称“快嘴李翠莲”。他沉稳持重，温文尔雅，慢条斯理。但两人的性格却融合得很好，一如她所说的：“并不相互抵触，而是相互补充”，一生趣事直到老。而这种“趣”，暗含着深沉的智慧，以及豁达与圆融的处世哲学。

张允和是兄弟姐妹中最早结婚的那一位。后来朋友戏说她犯规抢在了前头，她就瞪着周有光说：“可不是，不要脸，那么早结婚。”而一旁的周老哈哈大笑：“张允和这人最聪明，可她干的最蠢的事就是嫁给了周有光。”夫妻间幽默的调侃着实让人捧腹大笑，也足以见证两人感情的和睦和珍贵。

跟很多夫妻一样，两人都有自己独特的喜好，相映成趣，在生活中添了很多欢乐的色彩。张允和喜欢中国古典音乐，周有光喜欢的却是西洋音乐。恋爱时，周有光曾几次约张允和去听西洋音乐会，而她每次都把它当成了催眠曲，美美地睡着了，这让周有光觉得又窘又好笑。但尽管如此，周老说：“结了婚，她听中国音乐我去参加，我听西洋音乐她去参加。”晚年张允和热衷昆曲，经常去参加昆曲研习社演出、会议，而本身对昆曲并不感兴趣的周老，也经常陪伴在她的身边，出双入对，不甚甜蜜。

婚后二人举案齐眉，琴瑟和鸣。周有光在大学教书，兼在银行工作。张允和教书之余，编副刊，将才情发挥到极致。在婚后的第二年，他们有了爱情的结晶，生下了儿子周晓平。她在书中幽默而深情地回忆："多少年来我总爱骄傲地说'我结婚那天生的孩子'，大家笑我，我才想起忘了说'第二年'。"

但后来因为一件趣事反而让张允和吃了莫须有的亏。因她曾给周有光写信，信中说有人爱了她十九年，让他猜这个人是谁？周有光幽默又正经地回了她，他说："是 W 君吧？是 H 君吧？那么一定是 C 君了？"可没想到，这几个带着英文字母的信让她陷入了"三反运动"，还因此下了岗。

下岗后的张允和回归了家庭，打理家事，悉心照料一家老小，这让周有光后顾无忧，安心钻研汉语言，终成为语言学家。他对她充满了感激，对她一直都很好，也从来不跟她急。他们相敬如宾，互相尊重，互相体贴。而张允和虽然成了家庭主妇，但她也没有放弃自己的喜好。她把大半生的光阴献给了昆曲，记载了几十本《昆曲日记》。晚年还编辑《水》的刊物，出版了三本散文集，把自己的艺术禀赋和才华发挥得淋漓尽致。他们始终在艺术和精神的世界里，比翼齐飞，惺惺相惜，让后人为之艳羡。

03 多情到老情更好

一转眼，年轻的新婚夫妇脸上也刻上了光阴的痕迹，走过了悠悠几十年风雨路，步入了晚年的时光。看到周老和张允和的一张暮年黑白合影，如清水洗尘般，骨子里散发出动人的温情和静美。他们来到花丛中，伴着花香和蝉鸣阅读，而她静静地倚在他的身旁，风姿秀逸，仪态万方，时间仿佛在这一刻静止了。他们，还是年轻时的那对璧人。

虽然生命也曾颠沛流离，但他们终究是幸福的。繁华已去，岁月静好。他们的晚年在温馨的小屋中，深居简出。平日，二老相向而坐，红茶咖啡，举杯齐眉，怡然自得。家中有时高朋满座，他们聊昆曲，侃大山，谈艺术，充满了欢乐的趣味。

年老的张允和依然很爱美，四妹张充和说："八十岁的她，每天仔细地梳妆，仔细地穿戴，一定要九十岁的他，来评价好不好看，美不美丽。长长的白发辫，还是盘在头顶，夹杂的细细黑丝线，愈加黑白分明地夺目，配上藏青色外套，对襟中式花背心，鞋都要绣花的，依然精巧、轻柔、玲珑、热情、豪迈。他会赞扬二姐，她比我有才；她幽默说，我现在比周有光更'有光'。老头常常不停地点头表达对老妻的十分喜欢。"

张允和曾当着客人的面抱怨周有光没给她送过生日礼物。客人为周有光抱不平："谁说的，那年的《汤显祖全集》不是吗？"原来张允和七十岁生日时，周有光送过这本书给她。而周有光也不说话，只是把一粒维生素药片放在张允和面前，她马上改口说："这就算是礼物了，维他命，他要维持我的生命。"

张允和八十六岁才开始学电脑，而周有光就是她的老师。每当遇到问题时，只要她脚一跺，撒下娇，他就乐呵呵地从书房中出来耐心地教她了。有一次她要给大姐张元和写信，她想打“亲爱的大姐……”没想到“爱”字一直打不出来，她着急了，娇滴滴地喊道：“周有光，这个‘爱’字打不了，我爱不了了怎么办啊？”

而周有光受到老伴快乐情绪的感染，也常语出幽默。当有人问时年九十一岁的他多少岁时，他诙谐地说，我今年十一岁。而八十八岁的张允和补充道，他自己认为，人活到八十岁，已算“尽数”，后面的应从零开始计算。我也不过是二八年华。面对自己的光脑袋，他会幽默地说，我的头发还没有长出来呢！

张允和曾赠俞平伯夫人诗句：“人得多情人不老，到老情更好”。而这也是他们两人爱情的真实写照。丁聪曾给他俩画过一幅温情的漫画：九十岁的他骑着一辆小三轮，身后坐着他八十多岁的娇小的公主。一个博学仁厚，一个才情非凡，这是一对让人羡慕的夫妻。

然而，生离死别总无情。2002 年 8 月，她因心脏病突发先他而去，带着她的多情走了。即便她的美惊艳了时光，也未能留住她的生命。她走的时候，依旧保持着美丽的姿态，一头盘结发，一袭深红衣。坐在床前的他一直握着她的手不放，不愿她离去。一向豁达的他难以自抑，他说：“我的半边天塌了。”

“我不知所措，终日苦思，什么事情也懒得动。我们结婚七十年，从没想过会有一天二人之中少了一个。突如其来的打击，使我一时透不过气来。我在纸上写：‘昔日戏言身后事，今朝都到眼前来。’那是唐朝诗人元稹的诗，现在真的都来了。”

张允和去世半年后，周有光渐渐从悲痛中走了出来，他将她的遗作整理、编辑、出版，作为永生的纪念。依旧是那个小屋，电视间有一个沙发床，而沙发床对面的五斗橱上放着一排放大了的张允和的照片。

落花人独立，微雨燕双飞，面对生命，总有一种难言的怅惘。斯人已经远去，身边的亲人，也一个个离开。而他，之后仍多情地活着，至此独自留在人间十余载，直到 2017 年 1 月，他也追随她的脚步离开了人间。

任天荒地老，多情人不老。而他们，终究活成了人世间一道曼妙而永恒的风景。

岁月漫长，终会有人陪你骑马喝酒走四方

01

刚看完法国作家安德烈·高兹写的《致 D：情史》这本书，高兹与 D 相濡以沫的一生，那份至死不渝的爱情，读来真挚炽烈，感人心扉。它告诉我，一份好的爱情，必定能携手度过沧海桑田，岁月星辰。而爱也会随着时光的流动渗入骨髓，浓情于心融于魂。

《致 D：情史》是高兹写给身患绝症的妻子 D 的一封情书，书中回忆了两人一起走过的五十八年来的情感历程，一起走过的艰难岁月和生命时光。当高兹写完情书后，他打开煤气瓶，挽着心爱的妻子 D 的手，一起奔赴另一个世界。

其中高兹写给妻子 D 的一段话颇为感人：“很快你就八十二岁了，身高缩短了六厘米，体重只有四十五公斤。但是你一如既往的美丽、优雅，令我心动。我们已经在一起度过了五十八个年头，而我对你的爱愈发浓烈。我的胸口又有了这恼人的空茫，只有你的灼热的身体依偎在我怀里时，它才能被填满。”

虽然我们每个人都渴望一份白头偕老的爱情，但能一起走到最后的并不多。因为初识的明媚动人，也许会在柴米油盐的生活中渐渐变得不再耀眼。激情会褪却，取而代之的是朝朝暮暮日复一日的平淡相守，爱情也会经受岁月的诸多考验。而高兹对D的爱，却为何愈发深情？又是什么样的勇气，让高兹能够克服死亡的恐惧，与心爱的人一起奔赴另一个世界？

我想起那句话：“爱其实是一种习惯。”爱有很多种方式，而我却只相信习惯的力量，才会让这份深情天长地久。

如果一个人习惯了对你好，那么即便世界满目疮痍，他也会一直对你好，且爱会随着时间愈发浓厚。如果双方习惯了抱怨和计较，那么爱便会如木桩被蛀虫啃食般千疮百孔，两颗心只会渐行渐远。显然高兹与D的爱情属于前者。

高兹对D既深爱又感恩。因为D是一位有智慧的女子，她细心地经营着这段婚姻。D尊重高兹的理想，并帮助他一起去实现。为了让他更好地去追梦，她主动承担了生活中的很多难题，而其间，她也在实现自我的价值。他们在日复一日的相处中，习惯了用真心和至情去陪伴对方，也习惯了为对方付出，习惯了感恩，彼此的生命早已融入了对方的声音、气味和存在的方式。

高兹在情书上写道：“经彼此而生，为彼此而生。”因此当得知她快要离开人世时，他的世界从此崩塌，他也失去了生之勇气和力量。

02

我一直都很喜欢看那些温情有爱的画面：记忆中儿时的邻居伯父伯母都是泥水工，我们上学时，总能看到伯父骑着自行车载着身后的伯母早出晚归，数十年的爱日复一日，这一幕如油画般镌刻在岁月中。周末爬山，偶遇一对夫妻及其孩子，男人帮女人拎包，手上还提着一瓶水。走到半山腰，男人拧开瓶盖把水递给女人喝，两人相视一笑，其乐融融。

平凡生活中的细水长流，往往比那些轰烈如潮水的浪漫更为细致动人。

我和木子先生结婚以来，平淡的生活中也充满了很多小确幸。也更让我明白，对彼此一直的用心和体贴，以及渗入生活点滴的珍视与契合，会成为相爱的一种习惯，也会让生命的故事变得更为动人而恒久。

这爱是他总能在第一时间想到你的那份关怀。上班时担心我太累，每隔一段时间总会留言过来，提醒我注意休息。前段时间他下班比我早，每次回到家总能吃到他已经做好的热气腾腾的饭菜，也总能吃到他提前为我备好的我爱吃的水果。晚上洗漱完毕，我一般会待在卧室里看书或写文，他会坐在一旁安静地做着自己的事情，也会听到他起身倒水的声音，随后把一杯温热的水放在我的桌旁。

这爱也让柴米油盐的现实生活有了妥帖而亲切的仪式感。周末，我们会一起去爬山，走街串巷，也会一起去逛周边的超市，在琳琅满目的生活用品中打转、选购。在浸润着烟火气息的厨房中，有锅碗瓢盆碰撞的声音。我们通常一人炒菜做饭，一人打下手，空气中飘着生活的味道。会一起打扫卫生，放点悦耳的小音乐，也会开心地追一场剧，边看边笑边聊。

天荒地老的誓言也不及每个微小的瞬间所拥有的踏实和心安。纵有世间千种风情，也抵不过我们充满欢愉的柴米油盐的时光。这份爱也会融进彼此的血液里，成为我们生命中的一种习惯。我们会习惯平淡流年中的陪伴与相守，习惯用爱包容和接纳彼此的不完美，为彼此的生命带来一束温暖的光。

以前一个人的时候，总觉得自己的力量很单薄。而和他在一起后，我仿佛瞬间拥有了庞大的力量，让我有勇气去渐渐收起内心的怯懦和恐惧，去抵抗这个世界的孤独与荒寒。

想起王小波说的那句话："我的勇气和你的勇气加起来，对付这个世界总够了吧？去向世界发出我们的声音，我一个人是不敢的，有了你，我就敢 。"

爱是疲惫生活中的英雄梦想，更因为有你，我才能够做到波澜不惊，此生变得绵长而有意义。

03

安东尼在《小王子》中说道：“爱情不是终日彼此对视，爱情是共同瞭望远方、相伴而行。”但也并非每个人都能做到把爱当作一种力量，去滋养对方的灵魂和生命。而好的爱情可以。因为好的爱情会让一个人重获新生，变成更好的自己。

曾在上海参加过一场大型的活动。其间有两个人的演讲让我印象很深。先是一位形象姣好的年轻女子上台演讲，她穿着一袭淡蓝色长裙优雅亮相，端庄得体，明艳动人，她的演讲富有激情和感染力，散发出一种魅力四射的光芒。随后一位企业家上台演讲，他的演讲也很精彩，博得了现场阵阵掌声。讲到最后，他忽然变得深情了起来，他说：“我有今天，我要感谢一个人，那就是我的太太。刚才演讲的那位，就是我的太太。”现场发出“哇”的声音，闪光灯随后落到了在台下坐着的太太身上，我们顺着光的方向望过去。这才看到，她已经是两个孩子的母亲，她的怀里抱着小一点的孩子，旁边坐着稍大一点的孩子，她的脸上露出了浅浅的微笑，泛起了温柔的光，她和孩子很安静地坐着，看着台上的先生。那一刻她的美，打动了我。

随后企业家说起了他们的爱情故事。他说，以前的他就是一副吊儿郎当的样子，不爱学习，不思进取，高中都没读完就出去打工了。抽烟、喝酒、爱玩，就这样浑浑噩噩地过了几年打工的生活。后来在一个机缘巧合的场合，他认识了现在的太太，随后他们相恋了。那时他的太太还在上大学，她三番几次鼓励他去读书，后来他决心为爱重新拾起书本，也考上了大学。之后她又鼓励他去开创自己的一番事业，他们白天上班，晚上一起去学习和提升，经过一番摸爬滚打，才终于有了今天的样子，如今也有了一双可爱的儿女。

他说："是我的太太给了我重生的机会，不然我不知道我的今天在哪里。"

相爱是彼此独立，也是互相成全。真正爱你的人，不会让你低到尘埃里，相反会用力成全你，推你一把，和你一起高举你的梦想。

好的爱情是成长的驱动力，它会明亮彼此的世界，让生命这个共同体变得更有力量和光彩。

去年去桂林旅行的时候，与一对来自马来西亚的老夫妻有过一面之缘，这对夫妻长相温和，慈眉善目，让人感到很舒服。一起吃饭时，夫妻间的互动让人感到很温馨，男人会把女人爱吃的菜夹到她的碗中。饭后聊起，他们已经一起去了好些国家和地方。

男人说："年轻时我忙着事业，基本上没有假期。我太太以前是大学教授，虽然她的假期比较多，但她的时间也用在了养家和辅助我的事业上。所以真正属于我们相处的时间其实很少。但我一直都记着，等我们退休了就要一起去实现环游世界的愿望。

虽然来得有点迟，但我们现在在路上了，我们很幸福。”

好的爱情，没有满腹不甘，怨气满满。只有追求一致，方向一致，精神上有着高度的认同与默契，因为我们的生命是连在一起的。

好的爱情，总是进能一起风雨同舟，披星戴月，退能一起享受生活的小点滴，小确幸。

而爱的背后，源自于对彼此的深爱与恩情，也必有白岩松所说的：“我不想说默契或缘分之类，这背后，应有两个人替对方考虑的小心与善意。”

在匆促的人生旅行中，最难能可贵的事情莫过于，我在春柳拂面的桥头，你恰好渡船而过，随后邂逅一生，相见有清欢，生命也因此变得从容、辽阔和柔软。我们成了彼此生命中的那个渡你的人。

我一直都坚信，只要彼此是相爱的，只要少些计较，多些用心、智慧和包容，只要懂得知足，愿意保持成长的姿态，那么这份心动便能融化所有的不堪，延续地老天荒。

所以，我不愿紧盯着它的残缺而忽略掉那份温情和美好，唯有珍惜拥有，才能在暮色苍茫回望这段“爱的岁月”时，感到此生没有遗憾，值得度过。

不要在离别时，才懂得爱的情深义重，因为这会让人遗憾。

所以，这一生，我要习惯去爱你。

第六章

即使生命如尘，仍愿岁月如歌

成长很多时候无力又无奈，每跨出一步都需要有足够的勇气和十分的努力，而且更多时候，当你这样做了还无法预知自己的下一步是好还是坏。

你若不伤，岁月无恙

01

清晨，女儿从睡梦中醒来，她每天醒来的第一件事就是笑。她会翻过身来捏我的脸，看着我卖萌，甚是可爱。之后起身给她换纸尿裤，洗脸，随后冲好米糊，给她系上围兜，一勺一勺地喂她。把她安顿好后，再交给婆婆带出去玩。

此时是上午九点。

穿戴整齐后，我来到书房，打开电脑，开始我的一日之事。虽然我不用去公司上班，但工作起来，我依然是认真的，亦不喜被人打扰。中午会休息两个小时，和女儿亲密互动。到了下午两点，接着进入工作状态，直至傍晚。在家上班听上去很自由，但也因为没人管束，所以更需要自律。

晚上的时间大部分属于女儿，喂她吃饭、洗澡、陪玩、哄睡。等女儿睡后也几乎已经十点了。这之后的时间，才真正属于我。

我会看看书、写写日记和文章。习惯在文字中整理白日细碎的思绪，这会让我心安。一如身旁安然进入梦乡的女儿，所带给我的心安。睡前我会列出明天要做的事情。尽管我是随性的人，但我依然保持着有条理的习惯以及充实的生活方式。

若到了周末，一家人会开车去郊外，置身于安静辽阔的自然之中，风吹过来有丝丝的凉意，身心轻盈而舒心。也可以来一场说走就走的旅行，而我在沿途中，也会带上笔记本，若有灵感，我会记录下来。看着窗外的一切，那掠过的风景，再回顾这一路走来的种种，我忽然有一种好到怅然的感觉。

如今的我二十九岁，正走在奔往三十岁的道路上。是一个半岁女儿的妈妈，是一家文化公司的创始人，也是一名自由写作者。虽没有世俗中所谓的成功，但我对现在的生活感到满意，因为，我比以前更从容、更自在，也更懂得如何去平衡当下的矛盾与得失心。

02

曾想起六年前的校园时代，我和同学娜娜绕着学校操场漫步谈天说地，饶有兴味地聊着对未来生活的憧憬。但也说不清它具体会是什么样子，又该如何做才能实现，只知道这应该会是一种让人感到舒心而自在的状态。抬头望见浩瀚无边的苍穹，天上透着一点微明澄澈的清辉，月光洒在我们满含笑意的脸上，美好至极，随后继续往前走，试图沿着心中的希冀往前走。

后来，大学毕业的我们，开始迈入社会，磕磕碰碰。当时的我除了一份还算稳定的恋情，什么都没有。拿着一份不高的工资，还经常加班到深夜。有一次早晨睡过头了，醒来时着急得不行，因为上班快要迟到了。之后为了生计，辗转到繁华的 CBD 上班，穿得光鲜亮丽，却住在偏僻的城中村，只因为租金便宜。而每天上下班也都要换好几趟地铁和公交车，来回三个小时，回到住处也差不多是晚上九点了，此时晚餐才开始做，而我已饥肠辘辘。时常望着拥挤的人群和堵塞的交通，总让我怀疑眼前的生活是否是自己想要的。都市的霓虹灯无比闪烁，却照见了内心的茫然和不安。一个年轻姑娘异乡独行的影子，也被拉得老长而单薄。

那天，我看到一位与我当时年龄相仿的女孩拎着重重的行李箱上楼梯，瘦弱的她使劲把箱子一级一级地往上提。我走上前去帮忙。我们抬头相视一笑，我看到了她带笑的眼里充满了渴望，但又透着一丝茫然。我想起了刚毕业时的自己，有点拧巴，铆着一股劲，不放松，又笨拙。

多年前还是助手的我曾跟着老板去参加企业家大型晚宴，在现场看着那些妆容精致、打扮入时的女企业家，幻想自己何时也能像她们那样，优雅、独立且自信。带着这份期待，在回程的路上，我小心翼翼地向老板讨教经验，她却像个大姐姐那样，向我娓娓道来，说起她曾经走过的那些路。我仔仔细细地听着，像极了一个学生，仿佛听了之后，明天就能过上我想要的生活。

结婚后也不敢生孩子，怕自己因为孩子的到来，陷入一地鸡毛的生活，无法平衡好家庭与事业。而未来也充满了诸多变数，我没有勇气或者说没有能力去应对这样摇摇晃晃的生活。直到婚后第五年，我才迎来了我的孩子。

如今，毕业六年后，虽然事业刚起步，远方依旧不可知。但经济独立、行动自由，也有自己的核心竞争力，管理团队能独当一面，心态也足够平和。不再迷茫，因为我找到了值得自己索求一生的事情。

也写字，希望在慌乱的日子中留下些微的痕迹，还有那个叫作文字的梦想。也曾四处投稿却被退稿多次，我的文字梦也一波三折。但始终没想过放弃，因为对我来说文字是疗愈、救赎自我内心的后花园，它让我可以更加清楚地听到我内心的声音。因此每天深夜就这样写啊写，值得庆幸的是，我最终还是坚持了下来。

那些年，也就这样，一边迷茫着，一边希望着，一边慢慢走。

03

再次回望最初对未来的期许，回想一路走来的酸甜苦辣，发现原来没有什么过不去。只要你愿意往前走，时间真的会给你想要的答案。无论过往的风景是什么样的，但当你回头看时，会发觉一切皆是美，就像天空是湛蓝的，草木是苍绿的，流泉也是灵动澄澈的，世间万物在安然静默地生长着。

六年，你可以用这个时间去慢慢过上你想要的生活。

如今，家庭稳定、和谐。和老公的感情也不错，从一开始牵手走到现在，依然认定，他是我这辈子最想要一起走下去的人，最让我心安的人。女儿从刚出生时日夜颠倒的睡眠，到如今能睡整夜觉，省心了很多，也越来越可爱、有趣。亲人尚安，而我还有无限的可能以及潜力可挖掘，有很多想做的事情，但又不空想，也知道自己的局限在哪里。也不盲目去攀比和羡慕，因为每个人的成长经历和背景都不一样，而生活是自己的，我很清楚自己想要的是什么。所以，我选择了安然地对待自己。

对物欲不过分热衷，更喜欢用书籍、写作来充实愉悦自己的大脑。而文字也是一个很神奇的存在，它让我变得更加独立。这种独立不至于让我被琐碎给绑架，一遇挫折就怨天尤人。我看得到琐碎之外还有更加深远的世界，也有了足够的定力去面对。

能够和自己喜欢的人在一起，做自己喜欢做的事情，我向往的不就是这样的生活吗？这样的生活是有阳光的，喜欢《雪国》中驹子说的那句话：“这样的日子里连音色都不一样啊！”

但我的内心依然是不安分的，也不止步于此，我喜欢过有追求的人生。也恰恰是这份安定的幸福感，让我觉得，即便有现实的压力和困窘，也不过是时间的问题，没有什么解决不了。

04

经常会听到一些抱怨的声音，说成长背景限制了我们，年龄限制了我们，婚姻限制了我们，生娃限制了我们。其实，真正限制我们的，是自我的心念。

你敢不敢在最难的时候，依然不忘初心，坚持走下去。敢不敢在不被人理解的时候，依然相信自己，不去听那些声音。敢不敢不随波逐流，不弃信念，依然坚定自己选择的方向。这才是我们能不能走向自己想要的人生的关键。

也没有必要去跟别人比，因为每个人的经历都是独一无二的，也都有属于自己的路径和课题。我们要做的就是找到属于自己的课题，然后踏着自己的节奏，走出属于自己的人生轨迹来。所以，没有必要想太多。希望，不是想出来的，而是走出来的。

所以，当我遇到职业瓶颈时，我会总结和反省自己，努力走出去，试着去挖掘和争取机会，也会告诉自己要安下心来做好积累，而非被动等待。当我的写作不被人认可时，我依然坚定内心的声音，并在深夜继续着一份热爱。当面临因孩子到来的一地鸡毛时，即便疲惫我也能看到更多好，因为她让我更加认清生活真正的样子。人生的每个阶段都有不同的内容，我们只需尽情地去体验自己的每个阶段的角色就好了。

无论哪一种生活，本质上都是一样的，各有各的精彩，各有各的无奈。如人饮水，冷暖自知。没有一蹴而就的生活，也没有完美的路与人生。只要你愿意认真地做自己，那么你就可以慢慢地接近你想要的样子，而每一段经历也会变成你生命中的宝贵的财富。

如今，我喜欢这样刚刚好的生活，这份刚刚好，并非完美，而是一种信念。我愿意去相信，相信现在，相信未来，也相信岁月和经历。

曾经以为三十岁很难，用力去爬后发现，路反而比以前更宽了，天空也比以前更广阔了。而我也有理由相信，五年后甚至十年后的我会比现在的自己更好。因为路是走出来的，当你走的路多了，体验的风景多了，内心自然豁然开朗。

05

我们的生活依旧兵荒马乱，逼仄而烦冗，就像马尔克斯的《百年孤独》中所说的那样：“我们趋行在人生这个亘古的旅途，在坎坷中奔跑，在挫折里涅槃，忧愁缠满全身，痛苦飘洒一地。我们累，却无从止歇；我们苦，却无法回避。”但生活保持一定的痛感和节奏也是必需的，因为这会让人清醒和自持，希望也会在这样的涅槃中恒远绵长。

虽然世事艰辛，但我们仍可以温柔地对待它。我们可以学会自我救赎，学会平静与忍耐，去与周遭的一切握手言和。我们的生活现状是可以改变的。只要在慢慢变好的路上坚持走着，把自己安顿好，尽量做到不辜负，你便会在这过程中发现一种盛大而开阔的美好。

你若不伤，岁月无恙。即便身处迟暮，回忆也深情，如此才会感受到生命的意义。一切未知悲欣交集，但永远相信，永远在路上。

在不安的世界，美的不慌张

刚刚搬了家，搬到有山水、有绿林的郊区，远离了闹市。窗外会不时地传来自然界有节奏的声音。蝉鸣四起，似要把日子叫得热烈而欢腾，也能听到风儿在林间穿行而过的声音，随风摇曳的树木也让时光变得有迹可循。我在房间里整理着眼前散乱的大小箱子和生活用具。箱子里装满了我的各类书籍和笔记本，我重新把书架搭起来，随后把箱子里的那些书籍放到架子上，其中有一个小专区是用来放笔记本的。几年间本子日积月累，没想到如今它也成立了一个“小家族”。

整理的时候，我翻看了一下以前所做的笔记，有些写得细密工整，看得出那日写字的心情是安然的。有些写得潦草肆意，透着一种莫名的情绪和躁动。但眼前时过境迁的文字总归是平静了。不过在记忆的搅动下，它们又变得立体而鲜活了起来。惊喜地发现，原来它们都是有生命力的。如果说要给我的笔记本家族分个类，那么主要有日记本、摘录本、记账本、目标管控本这四大类。

今年回了一趟老家，看到了书橱上蒙尘的陈年日记本，记忆如倒带般回到了那些远去的时光。写日记的习惯是从初中开始的，起初是老师布置的硬性作业，一周只写一次再上交，那会儿叫周记。后来因老师常拿我的周记和作文当范例，这激发了我的写字热情。于是我重新买了一本笔记本，开始用文字频繁记录那些有关青春又叛逆的心事，比如考试没考好心情很失落，在走廊上惊喜遇到暗恋已久的男孩子了，跟母亲吵了一架想离家出走……无论开心或失落都写在上面，这是最初的一种隐秘又稚嫩的内心书写。尽管如今也还保持着写日记的习惯，但随着年龄的增长，今天的自己跟昨天又不一样了，所记录的角度和方式也与之前不一样。

每次外出时，我也会随身带上一本轻便的小笔记本，当途中跃出刹那灵感或想法时，我会在本子上及时记录下来，晚上回去再做进一步的整理。也曾尝试用电脑输入的方式替代手写日记，但写了一段时间后终究不适应，于是再次回到原始而质朴的手写方式。因为日记本是有气味的，可以让人在纸页的呼吸间体会到岁月的静气与芳华。也就在这样郑重其事的仪式中，生命也随之呈现出可贵的温情和质感来。

而今，日记本已经成了我的贴心好伙伴，每次伏笔写作时，我都会把它放在桌旁。当写到一半没有头绪时，我会暂停写作，转而翻开日记本在上面写下鼓励自己的文字，深入真实的内心与之交流。当生活中有了困惑，那么日记本就是帮我梳理思绪并找出解决办法的一个很好的窗口。写日记可以记录流年趣事，整合日常零散的想法，也是观照内心和沉淀自我的一种方式。

闲云潭影，物换星移，岁月拥着我们向前走，但往昔的一切并非风过无痕，有关文字的日记本便是极佳的记忆载体。卡尔维诺在《未来千年文学备忘录》中说过，“时间流逝的目的只有一个：让感觉和思想稳定下来，成熟起来，摆脱一切急躁或者须臾的偶然变化。”而有了这样稳定的存在，即便伫立凝望物是人非的过往，即便当下有所失落和局限，眺望远方的姿态也依然是喜悦的，不会因此而失去生命的风度。

我的宅是从小到大就出了名的，只要房间里有桌椅，有书和纸笔，外加一扇有风吹进来的窗户，我就可以宅上好些天，也不觉得孤独或无聊，反而很享受这样安静又惬意的时光。我喜欢抄抄写写的习惯是从上初中开始的，每次看书看到好的词句，我会把它摘抄到本子上。而今在家乡房间的书橱里，也藏了不少这样的摘录本。

上大学后，这个习惯依然保持着，也因为本科念的是中文系。在入学时就知道大学期间要完成学院安排的6613阅读、写作计划。这需要大量的输入与沉淀，并非简单的摘录做笔记就能做好。但当真正开启文学的那扇门时，在欣喜的同时我又感到恐慌不已。大学期间接触了一些中外文学书籍，接触了国内近、现代文学史，然后走进西方的菲茨杰拉德爵士时代，穿梭在威廉·福克纳的意识流、海明威的冰山一角中，恣意畅游却又越发深感自己的无知和浅薄。文学的天地俨如无限延伸没有边际的巨大宝藏，等待着我去挖掘，但又充满茫然不知从何入手。但还是不得不给自己壮壮胆，越是无知越不能气馁，保持谦卑的姿态就好。

还是要从最笨拙的方式做起，每看一本书的同时也会在一旁记录经典的哲思语录，以及值得推敲和悟思的关键点。因为要做大量的笔记，也开始探索记笔记的一些技巧，当时看到杨绛先生写的《钱钟书是怎样做读书笔记的》一文很受启发，也开始学习钱老先生记笔记的方式，对所做的笔记进行分类和归纳，并在每隔一段时间后拿出笔记进行重温，不然就只是留存于做笔记的形式了，也更加不可能达到积累和沉淀的效果。

毕业工作后，虽然看书、写字的时间没有了校园那般的充裕，但还是会在时间的夹缝中去做自己想做的事情，捧起书本阅读写字。当看到发人深省有哲学意境的词句，我还是会两眼放光，用笔在上面做标记。如今做摘录也不再只是局限于本子上，我还增加了一种快捷方式，在电脑上建立文摘类的文件夹，用快速打字的方式做记录，保存到相应的文档里。

如今我在写作中运用到的一些诗句名言，也是来源于昔日的积累。无论是生活还是写作，都会促使我要去做好输入与输出这一环节中的流动循环，不然我会很容易感到匮乏。而想要很好的出发，做好积累和沉淀是很有必要的。

我记账的习惯源自于我的母亲。有一幕画面是很久以前就已经固定了的。儿时的我经常坐在一旁看电视，她则安静地坐在另一边，就着昏黄的灯光，在薄薄的本子上写东西。随后把它放到抽屉里。有天我好奇想去探个究竟，才发现上面记录着的是家里每个月每一天的生活开销。除了所谓的记账本，还有一个方形的月饼铁盒子，上面装着诸如学费、电费之类的单据。但那时终究年幼，无法体会那些数字和每一张薄薄的单据背后，所暗含的父母为生活打拼的艰辛。当我毕业步入社会后，才开始懂得生活的不易，尤其是当自己也成家后，背负着房贷、车贷的时候。自此，我也像当年的母亲一样，生活中从此多了一本记账的笔记本，与其说是一种记录，不如说是一种对生活的提醒。

也不仅仅是记账，在年初通常会预算今年可能的支出，并设立收入的目标。这样做的目的是想让生活处在我们的可控之内，可以允许有所变动，但至少也要在我们的心理预期之内。家庭也是一个小单位，有共同目标，有团队成员，有日常资金的流动，那么明晰家庭财务的来龙去脉也是很有必要的。但如果只是单纯地去做一些金钱记录而不去反思，那么也并无多大意义。我们需要定期检视和调整，从数字中跳出来，去回顾每个数字前后左右的生活，并及时调整生活的节奏和方向。当然记录也不仅仅局限于本子，可以用时下流行的记账软件。但我还是对本子情有独钟，所以我会把记账软件和本子结合并用。每一笔数字背后的记录都是有故事的，酸甜苦辣，五味杂陈，而这些串联起来就是我们的人生。

今年回到家乡，母亲依然保持着记账的习惯，深夜中的她还是很安静的神情。不同的是她那不再年轻的脸上，添了一副老花镜。而我也开始学着她的样子，在灯光下写下一系列我并不敏感但又关乎生活的数字。但这样的数字我也不会太抗拒，毕竟沾染了人间烟火，有着尘世的真味。

琛君是我曾就职的公司的上司，我经常要向他汇报部门工作。每次汇报之余，他也会分享一些管理学的知识以及如何带领团队的经验给我，也因那时他刚任命我为部门主管，我在这方面的经验比较缺乏。琛君是一位目标管控能力、逻辑思维很强的人，几年间他给自己设定的目标都一一实现了。他大学毕业时想去参军，实现了，退伍后出来工作，他给自己定下了 MBA 的深造目标，后来经过努力也考上了中山大学的 MBA。他说他的目标是分阶段性去实现的，通常会定下一个为期五年的目标，然后将其细分到月、日计划。他拿起桌子上的本子对我说，这个本子就是我的法宝，我就顺着本子上写下的目标去行动就可以了。这样也不乱，不然目标很容易失控。

要想走得远，那就不能乱，一步一步有节奏地往前走。我也开始在本子上写下中、长、短的目标，虽然我还没有做到像琛君那样，但也开始随着每日的朝阳行动。每天起床后，我都会在笔记本上写下今日要做的事，分清轻重缓急，并评估所做的每件事情大概需要多长时间，这样就可以提高做事的专注度和效率。每做完一件事情，每实现一个目标，都会做个记号以示完成，而在这样长年累月的微妙互动中，也觉得内心踏实了许多。沿着那条贯穿始终的目标主线往前走，我相信有一天终会抵达想要的远方。

在与笔记本一来二去的交流中，我发现残缺的世界也渐渐变得温柔。这四本笔记本就像是我生命体系中的一支和谐的团队，它们各自分配做好自己的工作，又团结一致拧成一股劲，帮助我有条不紊地打理和完善我的生活。笔记本和文字永不过时，是生命的另一种表达方式，而我们终将会遇到那些美好。

若有才华藏于心，岁月从不败美人

01 我的写作路

我一直都觉得自己是一个很慢的人。在人际交往中，我是慢热的，在与自己刚开始接触的人面前，往往不会很快便展现自己的热情。在面对可贵的灵光时，常常它已一溜烟从指缝间溜走时，才发觉它的动人之处，而后才匆忙提笔欲将之记录。但也正是这种慢，给了我愿意停下来思考的空间与契机，给了我愿意去投入我所热爱之事的坚持，从而体会到做一件事情的细水长流之意。

在写作上，我也是笨拙而慢热的，并没有任何写作天赋。我从小便很羡慕那些能够擅用文字写作的人，仿佛世间生灵、万事万物在他们落笔挥洒间就能看到立体动人的画面，而我沉浸在他们的文字中乐此不疲。也幻想着自己有朝一日，能以文字的形式，去定格美好的光阴：那美妙的夏夜，窗外的阵阵蛙鸣声，月亮静卧田间泛着悠远的光；那带着草木湿露的清晨，还有隐在天际边一缕澄澈的霞光；那美好如初生的世间的一切。也渴望在看完一本书时，与书中的灵魂对话，随后书写一番自我的内心感受。但总苦于文字的枯竭，即便写完后也觉得我的文字不够生动有趣，无法呈现那深具美感的事物。

上初中后，我便开始写日记，十几年坚持下来，也写了十几本。虽然很多文字在如今看来，稚嫩青涩也仿佛毫无意义。但不得不说，那些文字的确记录了每个当下的自我，有隐秘而散乱的心事以及各种情绪，虽然只能隐藏在内心的某个角落。上大学后，因为读了中文系，有了不少写作的任务。也会去参加学校的各类征文比赛，从一开始稚嫩的表达，到慢慢找到文字的感觉，也能看到自己的文字变成发表在报刊或获奖的铅字。但因为阅历尚浅，那会儿写出的文字仍不足为人道。

但工作后，因为现实的压力，内心的焦灼与浮躁此起彼伏。前路迢迢渺茫，那种压抑无力的状态，让我很多时候无法写出一个字来。直到有一天，我在博客上看到了李娟老师的文字。她的文字安静又不失坚韧和力量，这再一次唤醒了我内心的渴望。我渴望安静清宁的内心，即便世间嘈杂不堪。我渴望实现自己的文字梦，即便文字尚且拙劣。

当时我鼓起勇气发邮件给李娟老师，内容是有关写作与阅读的话题。没想到她回复我了，也给了我很大的鼓励与动力。她说："我工作后，业余时间基本用来读书写作，也会给副刊、杂志投稿，也出书，这一写，就是十多年。你的文学功底很好，不要放弃。生活本身就是很好的积累，无论读书还是写作，都要耐得住寂寞，慢慢来，也不要急着发表，有了心境，好文字自然来了。”

李娟老师的话似是一盏明灯，仿佛让我看到了希望。于是我开始沉下心来写，一个字一个字地慢慢写。我记得在深冬的夜晚，窗外的月光虽然夹杂着袭人的寒气，但又照见了心中梦想的样子。我看到了文字跳跃的姿态，看到了一种隐形的光芒，我的内心无限欣喜，我乐此不疲。而世间万物，窗外的月亮，流动的光阴，仿佛也静止了。每当看到一篇文章呈现在我面前时，欣喜之余也会发现，这已经成为过去，一些表面形式的呈现也不再属于我。但身体的某一部分缺口仿佛已经填补，长出新的部分。而我也扔掉了很多事情，眼前呈现出一个更广阔的世界。

渐渐地，我写出的文章也会被一些自媒体平台转发，也会被报纸杂志刊登。也因此有了来自四面八方的读者，因为文字，因为相似的灵魂，常常让我拥有一种莫名的感动。但我还是不愿意走得太快。我知道在如今的自媒体时代，写什么样的文字能够吸引人，我也看到一些充满戾气和粗糙的文字，或以热点和噱头博取流量和关注的文字。但这些都不是我所追求的，我追求的是自己用心用情写出的文字。而真正要写出真诚而有生命力的文字，是需要深入到生活的质地里，需要到光阴中去淬炼，以丰富自我的人生阅历才能写出来的。

因为热爱，所以珍贵，我不愿意在这“快”的过程中过早地消耗掉自己，而忽略掉了更为珍贵的生活源泉。所以，我依然不慌不忙地写。

这些年的文字有着我的心路历程，那些文字仿佛在时光的静心潜伏下，成了有灵魂的生命体，将以另外一种方式凝结成琥珀定格在岁月中。也让我更加明白，去坚持自己热爱的事情，也是一种幸福的事情，时间总会带给你喜悦。

02 写作让我更热爱生活

那天清晨我和木子先生聊起，我说我越来越明白我为什么要写作，也越来越爱写作了。

人生艰难，生活本身是有很多隐痛的，我们都在世间的凄风冷雨中摸爬滚打。旅途中会有丑陋、困顿，会有内心的断裂与欲望，甚至会听到梦碎、绝望的声音。很多时候，我们的苦痛也无人可以分担。人唯一能救赎的只有你自己。

以前我总是渴望拥有很多，后来发现简单本身便拥有一种迷人之处。因为表面上我们所追求的东西看似丰富，实则很多都是夹杂着欲望的虚无，且并不属于我们。世间的繁华，都是短暂快速流逝的，不确定的。久留而牢靠的，唯有精神与灵魂上的一种充沛和安宁，于是我更加渴望文字这种实实在在的拥有与镌刻。

而写作可以将我从无助和虚空中搭救出来，让我学会去安放自我的内心。正如村上春树所说：“我们写作的理由，归根结底只有一个，那就是让个人灵魂的尊严浮现出来，将光线投在上面，敲响警钟，以免我们的灵魂被世俗纠缠和损贬。” 人之本身的力量是幽微的，但通往美好的追求与姿态，可以让生命本身变得强大，力量倍增。

就像我很喜欢的作家汪曾祺，他的一生虽然坎坷，颠沛流离，但从他的作品中也能看到他对生活的热爱。在他看来，生活，“是很好玩的”。而这“好玩”，在他的文字中有淋漓尽致的体现。他的文字没有萎靡、惆怅，有的是那些饶有趣味细致入微的闲适，那些平淡的生活，人间草木、滋味也被他书写得一派天趣。他说：“我希望我的作品能有益于世道人心，我希望使人的感情得到滋润，让人觉得生活是美好的，人，是美的，有诗意的。”于是，他写雨季中的杨梅，颜色淡黄微绿的葡萄花，也写厚重的雪，用月亮做成的梨花的瓣子，还有各种美食俗世之美。他也喜欢作画，所画的多是“芳春”——对生活的喜悦。因此，没有认真投入生活的人，没有内心温暖和力量的人，是写不出这样的文字来的。

于我而言，写作也像是我的摆渡人，让我有勇气去思考生活的断裂与真相，同时也让我拥有了对精神的自省，内心渐渐变得宽容。自从写作后，我也更加热爱生活，用心去对待那些当下，也更让我懂得如何投入到生活中，去发现掩藏在细枝末节中的美好和有趣。

那朝阳的喷薄而出，那夕阳的日落归山，那路边冒着晶莹剔透的青草，都会让我的内心产生柔软的敬意，随后日渐拥有抵抗寒凉世间的坚韧。也越来越觉得，唯有去触碰生活中的人间烟火、柴米油盐，人间至情，去与迎面而来的每一个或熟悉或陌生的万物芳华照面，去体验每一个或温情或漠然的瞬间，才能写出更好的文字，让自己成为更好的人。

如今每回看以往写过的文字，我会很庆幸当时留下的那些文字点滴。因为那有我的真实情绪与宣泄，有我的孤独，有我远去的岁月，当然也会有我的诗和远方，在日后，它还将继续默默陪我走过迢遥悠长的岁月。

林清玄曾说："如果我们不能在急速流过的每一天，为生活留下些什么，生活就会如海上浮沤，一粒粒破灭，终到消失。"文字仿佛是一个驻足人间的留声机，留下了或动情或鲜明的存在，留下了一些生命的痕迹和经历的光影。这些文字也是生命孤独中的那束微光，它会照亮那些黑暗、空洞。因此，我愿忠实自己内心的感受去书写，追随光阴的脚步静静地记录着眼前的这一切，化为内在的一种美，从一片虚无中看到生命的丰盈。

03 在写作中把心静静安放

我也很庆幸如今的自己，越来越接近手艺人的样子，而这手艺是关乎心灵与生命的修炼，是孤独而乐在其中的一种手艺，会让生命在时光的淬炼中变得愈发纯粹而明亮，未知的岁月也会变得温柔。

写作不会是我的全部，而且我的阅历也还尚浅，还有很多不成熟的地方。白日里知道自己要谋生活，业余有时间可以不用纠结于生活的纷扰和琐碎，让我慢慢过滤掉浮躁，只需要静坐一隅，便能看到自己的另一个世界。

如果说，有没有一件事情可以持续到老，我想，会是阅读和写作。

人生苦短，总要找到一些内心真正热爱的事情去做。当我发现自己可以通过文字慢慢获得一种希望和内在的力量后，我也不再惧怕人生的漫长或无所事事，我可以这样一直到老。阅读，可以让我从中窥见一个更大的世界，同时也可以遇见那些深邃有趣的灵魂和思想，充实自我的生命。而写作，可以让我深入自己的内心并与自己坦诚地沟通，直面自我的灵魂，这是一场对自我内心的抵达。

因此，我要做的就是放下攀比与虚荣，保持平常心，去认认真真脚踏实地地去生活，去郑重其事地书写，才能真正触碰到生命的真谛。唯有不辜负生命本身的美好，不辜负这份好时光，才能在岁月的窄缝中看到光亮。

即便经历和过程不是那么完美，但依然有理由值得去相信，去感受生活本身的真实，依然可以去好好做自己喜欢的事情，爱世间值得爱的一切，在浮华的尘世中把心静静安放，在残缺的世间看到迷人的美好。

那这一生，我就这样不急不缓、慢慢地写吧。

做一个通透的女子：理解复杂，选择简单

01

怀孕七个多月时，经常半夜醒来，起身因为腹中宝宝的逐渐生长壮大也变得缓慢。待完成这一个动作以后，我的睡意已被驱除。随后会看到窗外一片朦胧的夜色，就着些微明灭暗黄的路灯投射过来的光，眼前也会升起一丝茫然感。世界的寂然中仿佛也有一些窸窸窣窣的生灵行走声，思绪顷刻间清醒随之游弋沧海。

那天跟妈妈视频，我以为她看着我七个月大的肚子会充满喜意，却见她脸上的笑中有些许的不自然。她说："女儿，你还是那么瘦呢。"我调侃道："这样不挺好？就要长胎不长肉。"

她又说："你看上去都没有长大呢，就要当妈妈了。"我在这边兴奋地和她说着，她却仿佛没有我那么多的惊喜要分享。我忽然意识到她的话里似乎有惆怅的意味。自从有了宝宝，我像顿悟一样开始理解了很多以前我所不能理解的却又是出自本能的情

感。也不用有人来告诉你，当你走向某一个阶段时，有些事情自然懂了。

我想起那张被岁月洗刷过的泛黄的照片，妈妈抱着我的时候，我只有一岁。如今再回头看，会仿佛出现一种幻觉，那真的是我吗？小时候我总爱坐在妈妈的自行车后座上，走遍街头小巷、掠遍市井风情。长大点面对她的苦口婆心，叛逆的心却像是住进了一头倔强的猛虎，始终抗拒着、排斥着不愿听从。之后上大学，我收拾行李离家远行，一年只见两次面，面对她的雨中送行和叮咛嘱咐，我的内心忽而有了柔软。再后来工作，恋爱，结婚，我有了自己的新生活，她的言语变得不再多也不多打扰只是默默地看着。

而今，妈妈不再是年轻时的那个她，脸上有了光阴的痕迹。而我，也不知不觉走到了今天，如今也将孕育一个新生命。一路走来似乎一切都是那么自然，但细想又是那么的不可思议。

我们以为很多事情很多人都不会变，因为你看昨天、今天、明天这三天的生活基本上都是同一个模子，人就更不用说了，那些细微的变化哪能察觉到？但不经意间，时间就在这“变与不变”之间把我们推着向前了。而在这“变与不变”之间，两代人之间的感受也有了轮回般的应照。

我明白妈妈的言外之意，她想到了我在未来可能要面对的经历与承担，责任与意识其实不易，她担心我是否有足够坚实的臂膀与力量去承受？而这路她是走过的，她知道会很难，所以疼惜。

其实答案“是”与“否”，在她心中都不会轻松以对。尽管我希望她放心，我能走好世间路，即使我力量幽微。

指缝间看似平静而轻盈的如水时光，无声无息地低落沧海，实则暗藏波涛，骇浪汹涌。但谁又能否认它不曾明亮了我们的生命？谁又能否认其间的故事，不够动人饱满，意味深长？

所以当你蓦然回首时，还是会发现，即使是刹那的惊鸿照影亦是永恒的星光。

我们不是不说，只是心照不宣。

02

如今的我会时常想起十八岁那年乡下的月亮。当时正值高考，每天面对着很多题海战术，对未来也有着很多不确定性。那时我和奶奶住同一间屋，屋里有两张床，有一张床靠大窗户，而我就睡在靠窗的大床上。每晚临睡前，我总习惯性地看着窗外那轮皎洁的月亮，朗朗清辉透过窗户的缝隙斜落进来，明灭地铺洒在床板上，我的身上。连同我的内心，也不自觉被这澄明的清光照亮。

我当时就在想，这有月光的晚上真好，每晚可以枕着它入眠。以后未知世事如何，但可以肯定的是，多年以后的我，一定会无比怀念这抹明亮的光景。

我也会记得二十三岁毕业恋爱时，我们蜗居在偏僻的厂房，不足四十平方米的小房子里。那时候我们没有房没有车，每次去逛超市逛家居时，只能幻想着却几乎不敢掏腰包去精心布置自己的住处。因为我们不知何时又要搬家，也因为当时我们还有更大的目标，我们要努力挣钱存钱以后拥有属于自己的房子。

但当时我们的生活依然没有为此受到太大影响。想到我们有足够的余额，我们还没有太大的生活负担，想到我们的恋情尚且稳定，一地鸡毛的琐碎似乎还很遥远，想到我们饭后一起去小路上散步的惬意，看天上月牙清明，映照着无际的原野，仿佛眼前有一条开明的路，再枕着蛙鸣入睡的时候，我就在想，这时光真好啊,这个地方虽然不会长久停留,但以后离开了也会无比想念吧。

后来我们深陷房贷、车贷，生活举步维艰，有很多事情因此而无法成全。但还是明白那个道理，面对生活不必患得患失，没什么比当下来得真实。所以在艰苦难熬的时候，也会安慰自己去拥抱已有的,至少还能好好去努力,或者来一场说走就走的旅行。

也记得去年这个时候，我们去云南自驾游，车穿梭在大理的黑夜中，公路两边的田野传来阵阵蛙鸣声，有清风相伴野趣自在心中。在香格里拉游玩从山脚开往海拔三千多米的空旷高远的高原，穿越了四季的月明风清，沿途风光多么美。

你会发现有一种瑰丽而特别的体验从心里经过。

成长很多时候无力又无奈，每跨出一步都需要有足够的勇气和十分的努力，而且更多时候，当你这样做了还无法预知自己的下一步是好还是坏。

那难道就要去逃避和抱怨吗？也正因为未来不一定会更好，所以当下更需珍重与踏实，我们也更要学会温柔地抱抱自己。

所以，你只管去爱、去观照、去经历就好了。把这世间的好以及无可避免的“坏”都尽情地去纳入生命的体验中。每天睡觉前原谅所有的人和事，让生命保持良好的运转，在每一个看似细微的当下认真地活着。

不是不留痕迹，不是抱残守缺，而是为了能让自己自在悠游地行走于尘起烟岚的世间。

03

因为怀孕的缘故，我加入了好些母婴群。那天看到一位孕妈在群里留言道：“怀胎十月好艰难，好多东西不能吃，睡也睡不好，体重还一路飙升，真想快点卸货。”看着她的留言，我想起了自己，如今进入怀孕晚期，走路时常走不了多远就感觉到累，晚上睡觉也不是很踏实，翻身也要小心翼翼，一晚上要起好几次夜，有时候还会半夜小腿抽筋……我默默点头赞同，我们这些孕妈抱团抚慰彼此的情绪。但很快的另一位宝妈立刻跳出来说道：“你们就好好珍惜怀孕的这段日子吧。等娃生出来你就知道了，那才真够你累的。”

前天一友人把七岁的女儿送去兴趣班后来家中小坐。与她聊起孩子的各种事，她说，孩子刚出生那几年还算轻松的，等他大点要想着给他报个什么样的兴趣班，到了上学的年龄要想着上什么样的学校，林林总总，单孩子的教育费，一年下来也得几十万了。而我们大人也不轻松，有自己密集的工作还得挤牙膏似的挤出时间给孩子所谓的高质量陪伴。

她说自己常常感到疲惫，还习惯性失眠，针灸、中药调理都无济于事，要想的事情太多了。但其实，她的女儿灵巧懂事，老公自己开公司，经济基础还算殷实，性格温和人踏实也很顾家。

之前上班有一位同事阿姨，闲聊时会经常跟我们聊起她的儿子，说年龄都二十七八了，感情生活依然没有着落，给他介绍了几个相亲对象依然相不中，还想辞职出国留学去深造，真是操碎了心。

但其实，她的儿子从小到大都不曾让父母操过心，一路升学考上的都是好学校，毕业时考公务员以广州市第一名考上了广东省政府单位。她的儿子不想结婚是因为还有自己的理想，也怕因此拖累了人家。

只想说，无论是谁，只要行走世间都不容易。不管是哪个阶段，也都有各自的艰难与压力。我们可以抱抱心中的小孩，让它任性打滚一会儿，但太过执念于此，寄希望于未来，就容易忽略了现在，以致放大当下的疼痛。

想想已经拥有的，人也许会幸福、释怀很多，那些负担也无足轻重，不过是甜蜜的负担而已。

张德芬在《舍得让你爱的人受苦》中有这样一句话：“你问我人生的目的和意义是什么，会问这个问题的人，显然对自己目前的生活不满意。如果说人生的目的就是要过好你目前的生活，享受你活着的每个当下，你能否接受呢？如果说人生有任何目的，那其实是一个逃避当下的借口。先快乐地享受你所拥有的，生命自然会给你更多不可思议的礼物。”

04

所以尽管怀孕期间有些许情绪起伏，但很快地，我就又释怀了。走累了就停下来坐在一边休息，或者少走一些路。晚上睡眠虽然再也不能像怀孕前那样一觉到天亮，但我却比怀孕前更容易犯困，也不再熬夜，常常十点多就要熄灯入睡。中间虽然会醒好几次，但也可以借机让思绪游走一番，或看会儿杂书，写点日记随感，随后睡意来袭也能继续入睡。至于小腿抽筋，每次醒后我都会自我调侃道：“其实我上初中就开始抽筋了，缺钙的历史由来已久，不然身高也不会受限。”

在过去半年多，我的生活依然有好些小变动，看似平静无澜，实则也有好些需要面对的困境。但生活中除了好的一部分，也有不好的一部分，只是我对我能掌控以及改变的那一部分，我尽可能地去消融它。

对自己无法掌控的那部分，我放下它，释怀它，我亦不逃避，只是努力去做，剩下的交给时间去处理。否则，我自己改变不了的事，又纠结于此，不愿给时间以耐心，那只会让自己陷入更加忙乱的状态。

我知道目前对我来说最重要的是什么，其次是什么。所以当生活有了主次之分，你就会把当下的凌乱渐渐理清，让自己处于清醒的状态，而不必眉毛胡子一把抓却无法两全，依然陷入困境，像一把剪不断理不清的结。

我很重视个人的独处时光，我会定期隔离社交网络和周遭的人事。不用说太多的话，不用和太多的人事在一起，只需诚实地面对内心。也因为怀孕，我得以进入这样的时光，在家中静心养胎。不得不说这是我在经历这半年多的忙碌和奔波以来，所拥有的最自由最平静的时光。

我仿佛一瞬间成了无所事事的闲人。只好学着把家里的事务安排妥帖，办理相关证件，处理之前因种种缘由拖延未完的待办事情，每天看书习字，如饥似渴地将文学、哲学、小说重新细细翻阅。也学习相关孕育教育知识，理清宝宝所需要的清单用品，然后看着小家伙的小玩意陆陆续续快递回来，心情也是异常舒畅。偶尔窗边发呆，走进内心的世界看一夜秋风落尽人间，层林尽染，霜打红叶，虽静默无言却也足够深入我心。

也会去附近的图书馆，正值暑假期间，会看到亲子一起阅读，有在练字的，有在备考的。我的英语遗忘了许久，每天安排一小段时间学习英语。看似自由自在，但也需保持足够的警惕，以便进入到下一站时拥有随时起航的能力。

世情尽管淡漠喧嚣，但也不必挖空心思去取悦。任何生活都没有十全十美，就看你用一颗什么样的心去对待。唯有顺生而行，知己所想，稳重自持，才能在艰难的世事面前甘之如饴。

也并非人人都能做到深情，都能拥有决胜烟柳的纯粹，但信念不可弃，仍可学会去看见和觉知，然后看到更加通透明媚的自己。就像赫尔曼·黑塞的《堤契诺之歌》所说："我比当年更优雅，更内敛，更深刻，更洗练，也更心存感激。我孤独，但不为寂寞所苦，我别无所求。我乐于让阳光晒熟。我的眼光满足于所见事物，我学会了看，世界变美了。"

尽管现在有点难，但最好最真实的时光莫过于当下。无论好与坏，都让过去的过去，而未来的没有来，无惧也无忧。就让成长中的那些决绝与激荡，那些爱与疼痛，都消融在岁月的风中吧。

不怯流年，不畏成长，不惧风雨，生命这样刚刚好。

图书在版编目（CIP）数据

即使生命如尘，仍愿岁月如歌 / 晚秋著 -- 南京:
江苏凤凰文艺出版社, 2018.11
ISBN 978-7-5594-0845-7

Ⅰ. ①即… Ⅱ. ①晚… Ⅲ. ①随笔－作品集－中国－
当代 Ⅳ. ①I267.1

中国版本图书馆CIP数据核字（2018）第261589号

书　　名	即使生命如尘，仍愿岁月如歌
作　　者	晚　秋
责任编辑	曹　波　王昕宁
出版发行	江苏凤凰文艺出版社
出版社地址	南京市中央路 165 号，邮编：210009
出版社网址	http://www.jswenyi.com
发　　行	北京时代华语国际传媒股份有限公司　010-83670231
印　　刷	北京中科印刷有限公司
开　　本	880×1230 毫米　1/32
印　　张	9
字　　数	120 千字
版　　次	2018 年 11 月第 1 版　2018 年 11 月第 1 次印刷
标准书号	ISBN 978-7-5594-0845-7
定　　价	45.00 元